U0553604

Venus in furs

穿裘皮大衣的
维纳斯

[奥]马索克 著 康明华 译

北京联合出版公司
Beijing United Publishing Co., Ltd.

图书在版编目（ＣＩＰ）数据

穿裘皮大衣的维纳斯 ／（奥）马索克著；康明华译． -- 北京 ：北京联合出版公司，2014.10（2023.1 重印）

ISBN 978-7-5502-3371-3

Ⅰ．①穿… Ⅱ．①马… ②康… Ⅲ．①长篇小说－奥地利－现代 Ⅳ．① I521.45

中国版本图书馆 CIP 数据核字（2014）第 173249 号

穿裘皮大衣的维纳斯

作　　者：［奥］马索克

译　　者：康明华

出 品 人：赵红仕

责任编辑：徐秀琴　牛炜征

封面设计：吴黛君

北京联合出版公司出版

（北京市西城区德外大街83号楼9层 100088）

北京新华先锋出版科技有限公司发行

大厂回族自治县德诚印务有限公司印刷　新华书店经销

字数120千字　620毫米×889毫米　1/16　14印张

2014年10月第1版　2023年1月第3次印刷

ISBN 978-7-5502-3371-3

定价：59.00元

序　言

虐恋的文化影响与意义

　　马索克（Sacher-Masoch）是一位有受虐倾向的奥地利著名作家，像萨德一样，他的真实生活也和他的文学作品紧密地连在一起。他笔下的女主人公个个冷若冰霜：大理石一样的身体，石头一样的女人，冰冷的维纳斯，她们全都像月光下冰冷的雕像。马索克认为，女人是被制造出来驯服男人的"兽性"冲动的。他总是被那些比自己强悍、年岁也大过自己的女人所吸引，他屈从于她们，当他的"兽性"冲动表现出来时，她们就对他施加肉体上的虐待。后来，他的虐恋幻想进入了一种更加明确而独特的模式，总是有一位身着貂皮衣（很明显，马索克有对貂皮的恋物癖）的女人，手持作为性感象征的皮鞭，为其情人的"兽性"淫欲而鞭打他。虽然他的小说场景略有不同，但总包含类似的鞭打情节。

《穿裘皮大衣的维纳斯》是马索克最主要的虐恋作品。这是一位贵族男子自愿成为一位女士的奴隶的故事。他愿意受她的驱使，受她的惩罚，使自己成为她对之握有生杀予夺权利的财产。在他们两人相处的过程中，女方始终比较勉强，最后她移情别恋，残忍地结束了他们之间的关系。马索克书中的男女主人公的名字塞弗林（Severin）和旺达（Wanda）已成为男性奴隶和女性主人之间关系的象征，在现代的报刊杂志的虐恋者的寻偶广告中，这两个名字常常被寻找此类伴侣的人们使用。旺达与塞弗林之间的协议也成为虐恋活动主奴关系中此类协议的范本。

　　马索克的作品之所以成为受虐倾向的经典之作，是因为它是所有后来的虐恋文学的范本，后来的虐恋文学中的一切要素它都已具备：捆绑、鞭打、主奴合同、奴隶主人关系及统治屈从关系等。他的虐恋小说的文学价值也是比较高的，这就使它同一般的色情文学作品区别开来，与萨德的作品一起进入了经典的行列。

　　受虐狂与施虐狂具有截然不同的超我——自我结构。将萨德的小说与马索克的小说加以比较，就可以看出它们是截然不同的。萨德的小说表现的是犯罪与性，而马索克的小说表现的则是自我贬低和难以满足的欲望。二者对女性的态度也截然不同：萨德的女性总是被动、受虐的，而马索克的女性是施虐者。前者总是要摧残女性或同女性性交，贬低女性；

后者却总是把女性理想化，使她成为幻想中的人物，同男性奴隶之间几乎是没有性交关系的。前者所看重的是数字，主要是女性受害者的数量；后者所看重的是个人。在萨德所创造的世界中，充满了各种活动；而在马索克的世界中，重要的不是行动，而是等待，等待意外的温柔与残忍，一种延迟的消费。前者绝不诉诸情感，而马索克的主人公在接受鞭打时却对性与情满怀期待。

与萨德的文学不同，受虐的文学是色情的但不淫秽。萨德的小说中充满淫秽的描写和直接的行动，没有对身体秘密的探索，只有行动；马索克的小说却是游戏性的，幻想的味道更重。在后者，施虐者和受虐者有时会交换角色；但对于前者来说，交换角色是绝不可能的：如果一个女人是自愿受苦的，那么她马上就会被施虐者拒之门外，施虐与受虐更不可能是相互自愿的。

著名文学家和哲学家德鲁兹认为，萨德的施虐倾向是真正的残忍；马索克的受虐倾向却是幻想中的和游戏性的暴力。他对这两位作家的分析也许是贴切的，但是，以这一分析为依据得出施虐倾向与受虐倾向完全不属于同一领域，就不正确了。在现代的虐恋活动中，施虐倾向并不是萨德笔下的真正的暴行，而是同受虐倾向一样，带有幻想和游戏的性质。而且施虐和受虐双方都是自愿的。正因为如此，虐恋才能成为人口中相当大一个比例的人们的性实践和性游戏，而不是少数犯罪分子的暴行。

《穿裘皮大衣的维纳斯》的出版，其意义可能不仅表现在文学方面，更有可能揭示西方社会生活的深层内涵。对我们了解虐恋性文化在西方文化中的地位和影响不无启发。

李银河

艺术家是人类灵魂的历史学家

利奥波德·范·萨克-马索克于 1836 年 1 月 27 日出生在奥地利加利西亚省的勒姆伯格。他在布拉格和格拉茨学习法理学，1857 年成为格拉茨大学的一名老师。他出版了一些历史研究著作，但是很快放弃学术研究而全身心投入到文学写作中。他花了很多年时间在德国莱比锡城修订了国际评论《在高处》，后来因为强烈的法国情结，他搬到了巴黎。他最后的几年时间都待在德国黑森地区的林德荷姆，于 1895 年 3 月 9 日去世。1873 年他娶了劳拉·范·罗梅林为妻，后者用"旺达·范·杜娜耶"的笔名发表了许多小说。值得注意的是，在《穿裘皮大衣的维纳斯》中马索克正是用了"旺达·范·杜娜耶"作为女主人公的名字。罗梅林于 1906 年出版了耸人听闻的回忆录，引起颇多争议。

在萨克－马索克的文学生涯中，有无数的著作都出自他的笔下。其中，有许多是描写短暂的旅行，还有一些描写纯粹的超感觉论。但不幸的是，由于经济原因他不得不写了一些不配套的结局。

然而，他的作品中具有一些独特的文学甚至是心理学价值的成分，但他最主要的文学抱负却从来没有实现过。他试图在《该隐的遗产》中描绘一幅当代生活方方面面以及彼此之间关系的图景，并且还拟定了纲领性的计划。这种想法可能源于巴尔扎克的《人间喜剧》。他的整个计划可以分为六个部分，即爱情、财产、金钱、国家、战争和死亡。每一个方面分别由六部小说组成，其中最后的一部是为了总结结论，对其他小说中设置的问题提出解决办法。

然而这个深远的计划并没有实现，只完成了前面的两部分，即爱情与财产。关于其他的几部分只留下了支离破碎的片段。这本《穿裘皮大衣的维纳斯》是属于爱情部分中的第五本小说。

萨克－马索克作品的最大特色在于流畅的叙述，对人物和场景生动的刻画以及无处不在的幽默感，他关于家乡加里西亚的很多短篇小说也因此成为乡土描写的经典作品。

然而，在他的作品中还有一个因素使他的名字成为了性心理学中一系列现象的代名词。这让他的作品体现出特殊的心理学方面的价值。尽管不能否认作品中常有令人感到厌恶的病态色调，但是，我们应该知道，天性无所谓好或者坏，自私或无私，它在人类的心理与矿物、植物、动物中运转时遵循的是同样不可抗拒的规律。

萨克－马索克是一位异常的诗人，同时也是现在广为人知的受虐狂。他的欲望就是完全无条件地服从于异性的意愿，成为她的奴隶，被她羞辱、虐待、折磨（甚至愿意被这种折磨推向死亡的边缘）。这样的动机是以无以计数的各种各样的形式来体现的。当然，萨克－马索克作为一名富有创造性的艺术家寻求的是绝对的受虐。只是有时，当人类内心的冲动呈现出一种反常或是夸张的形式时，人类就会有那么一瞬间反思事情的本身。

如果需要为萨克－马索克所出版的著作辩护的话，那么必须记住的是，艺术家是人类灵魂的历史学家。这令人不禁想起蒙田明智且宽容的随笔《论历史学家的责任》，其中这么写道："一个人也许会掩藏起秘密的活动，但是对于全世界都了解的事情，对于那些造成了公共影响以及如此多后果的事情保持沉默是无可饶恕的罪过。"

残酷与性之间奇特的相互关系一次又一次进入到文学作品当中。萨克－马索克并没有在此方面创出新意。他仅仅是对于一个原始的动机进行了坦率而有意识的发扬，直到在此方面上已无话可说。对于在作品中所描述的暴力攻击，他在颇有争议的作品《价值判断》中作了解释。

VII

在文学作品中寻找受虐倾向的踪迹会是一件有意思的事情，但是我们仅仅只能找到一些暗示的例子。这一主题在让·雅克·卢梭的《忏悔录》中反复出现；它解释了普雷沃的《曼侬·莱斯戈》中的骑士个性；在左拉的《娜娜》，托马斯·奥特斯的《得救的威尼斯》，阿尔伯特·朱埃勒的《渔夫》以及陀思妥耶夫斯基的作品中也能找到与这一天性有关的场景。它以一种隐藏而不易被发现的形式构成了现今许多情感小说中的潜在影响，尽管大多数情况下，这些小说的作者与读者并未觉察到小说中角色的性格带有病态的成分。

夹杂在所有这些奇异与混乱的人类精神源泉中，有些人也许渴望古代世界中那种宁静祥和、朴素简单的态度。洛朗·塔亚德在他的《石膏大理石》中有极生动的一段话，很好地再现了这之间的联系："然而希腊人在他们轻松、甜蜜、和谐的城邦之中却对于所谓的'爱情中的精神紊乱'大加放纵。如果他们不是将爱情视为某一神明的牺牲品（东方宿命论的想法）的话，他们至少也将其看做某种巫术、疯狂或是宇宙中的邪恶力量。之后，基督教掩藏了这些黑暗的灵魂，基督教谴责那些对于他们而言是新的或是威胁到了教条的思想，因为这些思想会将世界带回到奴隶时代。"

《穿裘皮大衣的维纳斯》是萨克－马索克最突出、最有代表性的作品，尽管有些矫揉造作的成分以及其他的文学缺陷，但是它无疑仍然是一部呕心力作，而非为了刺激病态幻想而创作的。有人认为男主人公的思想掺杂了许多主观的成分，从文学角度来讲，这是作品上的一个缺陷，但从另一方面来讲，该书已超出单纯的艺术领域范围，成为科学、心理学上的一个重要的文献资料。这是一个极度痛苦的无法避免他个人悲剧的男人的告白，他以写下自身感受经历的方式吐露内心——从这个角度去读该书的读者，以及那些将道德偏见置之一边的读者经过仔细阅读，对书中这个可怜不幸的人将会有深层次的理解，而我们所有人内心深处那些阴暗角落也将被照亮。

半个世纪以来，萨克－马索克的作品已经在欧洲文学中建立了一定的地位，而在 1883 年萨克－马索克作品的周年纪念时，他被法国政府授予"荣誉军团骑士"称号。在多年前，当成本低廉的再版书传出欧洲时，存在于各个国家的各式道德卫士试图禁止该书发行，但司法判决的结果始终是出版商胜诉。引用赫伯特·斯宾塞曾说过的话："阻止人们不受荒唐的事物影响的最终结果导致全世界都荒唐。"这句话尖锐地指出了发生在像《穿裘皮大衣的维纳斯》作品上的类似情况。

"当万能的上帝惩罚他，就将他交到女人手中。"

——《圣经·犹滴传》

我身边有着一位迷人的伙伴。

　　在我对面，挨着文艺复兴时期风格的大壁炉旁的，就是一位"维纳斯"。在她自己的半个世界中，她可不是个随便的女人，但在与其他男人交往中，就像克利奥帕特拉小姐一样，她用了维纳斯这个假名，在她的世界中，她是一个真实的爱之女神。

　　先摆弄好壁炉里的火，扇起噼啪的火焰后，她舒舒服服地坐在沙发上，火光映衬着她苍白的脸，还将她的眼睛衬得特别白，她不时地将脚探过去取暖。

　　尽管她的眼睛呆滞冰冷，在我眼里她仍然很美。但她总是将自己僵硬的身体裹在裘皮大衣下，像只可怜的猫咪蜷缩在里面颤抖。

　　"我实在不懂，"我大叫，"现在真的一点都不冷，这两周可是春日里美妙宜人的天气。你不该这么怕冷。"

　　"多谢你那所谓美妙的春天。"她的声音如石头般坚硬低沉，说完她打了两个喷嚏，打喷嚏的神情也如此动人，"我简直无法再忍受下去，我开始理解了——"

"理解什么，女士？"

"我开始相信那些我不相信的，理解那些我不……不理解的。突然间我明白德国妇女的美德和德国人的哲学。我也不再奇怪为什么你们这些北方佬不懂得怎么去爱，甚至不明白什么是爱。"

"但是，夫人！"我有点生气，"我可不像你说的那样。"

"啊，你——"她打了第三个喷嚏，以她独有的优雅方式耸了耸肩，"那就是我为什么对你这么好，甚至经常来看你的理由，尽管每次即使穿着这皮大衣我都还是感冒。你还记得我们第一次见面时的情景吗？"

"我怎么能忘得了呢，"我说，"当时你留着棕色的卷发，有着棕色的眼睛，红润的双唇，但我总是从你独特的脸形和大理石般苍白的脸色认出你来，你还总是穿着那件松鼠毛边的紫蓝色天鹅绒夹克。"

"看来你特别喜爱那件衣服，还特别念旧。"

"你教会了我什么是爱。你对爱情的膜拜叫我忘记了时间的存在。"

"而且我对你的忠诚无与伦比。"

"呃，就忠诚而言——"

"你竟然不领情！"

"我并不是责备你什么。你是个神圣的女人，但也只是个女人，你跟其他女人一样，在爱情上残忍无情。"

"你说残忍？"这位爱之女神反驳道，"残忍仅仅是激情与爱的组成部分，这是女人的天性。她必须给自己爱任何事物的自由，而且她爱那些能给她带来快乐的一切。"

"对一个男人来说，还有什么比他爱的女人对他不忠还来得残忍的事情吗？"

"的确还有！"她反驳道，"我们只能忠诚于我们所爱的人，但你却要求一个女人忠诚于自己不爱的人，强迫她处在一个这么不快乐的境地。请问究竟是谁更残忍——是男人还是女人？你们这些北方佬总是对爱情太严肃。你们总是谈到责任，但是快乐才是爱情的责任。"

"那就是为什么我们那时的感情总是很美好，很让人怀念，而且我们的关系也很持久。"

"然而，"她打断我，"纯粹的异教徒有着永不平息永不满足的渴望，那就是爱，就是至高无上的快乐，就是神圣本身——这对于你们这些现代人，你们这些需要反思的人来说是没用的。这些只能给你们带来灾难。当你们希望表现得自然一些的时候，你们就显得庸俗。对你们来说，整个世界似乎都充满敌意。你们认为希腊那些微笑的诸神是邪恶的，认为我是魔鬼。但你们只能批判我，诅咒我，要不就只能牺牲你们自己，用在我的祭坛上用疯狂饮酒作乐的方式来伤害自己。如果你们中的任何一个人有勇气亲吻我的红唇的话，他就该光着脚穿着忏悔者的衣服去罗马朝圣了，期望花儿从他枯萎的禅杖中开放。玫瑰、紫罗兰、香桃木在我的脚下不断萌芽——但是你们不会喜欢它们的香味。所以你就待在你们北方佬的迷雾中，待在基督教的烟熏中吧。让我们这些异教徒待在熔岩下的碎石堆里好了，不要把我们挖出来。庞培城可不是为你们这些人建造的，我们的别墅，我们的沐浴处，我们的庙宇也都不是为你们这些人建造的！你们不需要神明！在你们的世界里，我们会被冻死的！"

这位漂亮而冷酷无情的女士咳嗽着，拉了拉她的黑貂皮大衣，好让肩膀更暖和些。

"多谢你给我上了这么经典的一课，"我答道，"但是你不能否认，男人和女人天生就是死对头，无论是在你那阳光灿烂的世界里还是在我们这个迷雾笼罩的世界中。合二为一的爱只能维持瞬间。在这瞬间中，两个人拥有同一种思想，同一种感觉，同一种愿望，而后他们便又分开了。这点你比我更清楚。两人中无论哪个，如果没能征服对方，都会立刻感觉对方的脚架到了自己脖子上——"

"多数情况下男人要比女人更有这种感觉，"维纳斯女神轻蔑地嘲笑道，"这点你该比我更清楚。"

"当然，这也是我为什么不会有任何幻想的理由。"

"那么你的意思是现在你就是我的奴隶，没有任何其他想法，所以我可以随便地蹂躏你了。"

"女士！"

"难道现在你还不了解我？是的，我就是残忍的，既然你那么喜欢用这个词——难道我没有资格残忍吗？男人总是追求女人，而女人总是被追求，这就是女人所有的但却是决定性的优势所在。正是男人的欲望让他们落入女人之手，一个明智的女人总是应该懂得如何将男人变成她的奴隶、玩偶，懂得微笑着背叛男人。"

"这就是你所谓的原则！"我愤怒地打断她。

"千百年来都是这样的，"她讽刺道，雪白的手指玩弄着黑色的毛皮，"女人爱得越深，男人就越冷淡，并且在女人头上作威作福。但是当女人越残忍越不忠越糟糕地对待男人，越不珍惜男人的时候，就越引起男人的欲望、爱恋和崇拜。从海伦和黛利拉的时代到凯瑟琳二世和罗拉·蒙特兹的时代都是如此的。"

"这我不否认，"我说，"再也没有比看到经常突发奇想，毫不犹豫就移情别恋的漂亮、妖艳、残忍的女暴君更令男人感到兴奋的事了。"

"她还得穿着皮衣呢！"这位女神大叫道。

"你说的是什么意思？"

"我知道你的嗜好。"

"你知道吗？"我打断她，"自从上次我们见面的时候，你就已经在卖弄风情了。"

"有吗？何以见得？"

"裹在这深色裘皮大衣下，你雪白的身躯显得更加白皙了，还有——"

这位女神大笑起来。

"你在做梦吧，"她叫唤道，"醒醒吧！"她用那大理石般雪白的手拽着我的手臂，"快醒醒吧！"她用那低沉沙哑的声音再三叫道。我勉强睁开了双眼。

我看到有只手在摇我，猛然间，我发现这只手变成了铜褐色，声音像我那酗酒的哥萨克仆人，原来就是有着将近六英尺高的他站在我面前。

"起床了，"他继续叫我，"真是太丢人了。"

"什么丢人了？"

"看你，穿着衣服就睡着了，书还丢在一旁，这还不丢人吗。"他吹掉那快烧完的蜡烛，捡起我掉下去的书，"这本书——"他看了看封面，"黑格尔的。对了，我们该去塞弗林先生那儿了，他现在正等着我们喝茶呢。"

"奇怪的梦。"当我描述完的时候，塞弗林说道。他将双臂支在膝盖上，用他那小巧、微显出血管的手托着脸，陷入沉思中。

我知道他会一直坐在那儿，一动不动地，几乎不呼吸了似的。这看似不可思议，但它确实发生了，而我并不觉得奇怪。我们走得这么近已经快三年了，我也习惯他这些奇怪的行为了。就这些奇怪的行为而言，他真的很奇怪，尽管他不是像他的邻居甚至整个科洛梅尔地区所认为的那种危险分子。我觉得他很有意思，还很有同情心——这也是为什么许多人也把我当成疯子的原因。作为一个三十岁还不到的加利西亚贵族和庄园主，他显得特别的清醒，特别严肃认真，甚至带有点卖弄的味道。他活在一个精心规划、半哲学半现实的世界里，这个世界里一半是由闹钟、温度计、气压计、气体计、液体比重计等组成的，另一半则是希波克拉底、胡费兰、柏拉图、康德、克尼格和切斯特菲尔德勋爵等组成。但有时他会情绪激动得好像要拿他的头撞墙似的。在这种时候，大伙都会自动离他远远的。

当他陷入沉思，保持安静的时候，烟囱里的火苗欢快地唱起歌来，古老的俄罗斯大茶壶也唱起歌来，我坐在里面摇晃着抽雪茄的老旧摇椅也唱起歌来，还有那老墙角里的蟋蟀。我环视着这个堆满了东西的房间，从古怪的仪器、动物的骨架、小鸟的标本到地球仪、石膏像等，直到我看到一幅画像，这幅画之前我已经看过无数次了。但今天，在红色火光的映衬下，它对我起了不可思议的作用。

这是一幅大油画，有着浓郁的比利时学院的风格。但是主题却很奇怪。

有一个漂亮的女人，她的笑容灿烂无瑕，浓密的长发扎了起来，打了很传统的结，头发上白白的粉看上去像是一层薄薄的霜。她坐在沙发上，身上只裹了一件黑色的裘皮大衣。她用左手支撑着身体，右手摆弄着一条鞭子，她那裸露的脚不经意地踩在一个男人背上。这个男人像个奴隶，像只狗一样地跪在她面前。从轮廓和表情可以看出他深深的忧郁和对这个女人的深切的爱。画像里，他用他那殉教者般燃烧着狂喜的眼睛仰望着她。画像里的这个男人，这个被女人踩着当板凳的男人竟然就是塞弗林。画像里的他没有胡须，看上去要比现在年轻十岁。

"穿裘皮大衣的维纳斯！"我惊呼道，指着这幅画，"这个就是为什么她会在我梦里的原因了。"

"我也是，"塞弗林说，"只是我是睁着眼睛做这个梦的。"

"是这样的吗？"

"这只是个无聊的故事。"

"很明显，是你的画让我做了这样的梦。"我继续说道，"但是你必须告诉我它的含义。我可以想象到，它在你的生命中扮演了一个非常重要，甚至可以说是具有决定性意义的角色。但我必须从你这儿知道有关它的内容。"

"看看与这幅画相似的画吧。"我这位奇怪的朋友似乎一点都没有留意到我的问题。

他说的是一幅德勒斯登画廊里提香的著名的《照镜的维纳斯》的极好摹本。

"可跟这有什么关系呢？"

塞弗林起身，用手指着这画中提香精心装扮他的爱之女神的裘皮大衣。

"这，也是'穿裘皮大衣的维纳斯'，"他微笑着说，"我不相信这位威尼斯老人有其他的目的。他仅仅是给梅斯利纳一些贵族画像，为赢得贵族的好感而让丘比特为维纳斯拿着镜子，好让她在镜子前观察她独特的魅力，虽然对丘比特来说，这个任务令人困扰。画这幅画仅仅是为了奉承而已。然而后来，某个洛可可时代的'鉴赏家'将这位女子命名为'维纳斯'，而提香画中人用来裹住身体的裘皮大衣被当做女人专制和残忍的象征，尽管让女子穿裘皮大衣的本意更可能是担心其感冒而不是出于贞洁的考虑。

"够了！这幅画——就像你现在所看到的那样，对于我们所爱的人是一个辛辣的讽刺。生活在北方冰冷基督教世界里的维纳斯，只能穿着厚厚的裘皮大衣才能够抵御寒冷，避免感冒。"

塞弗林大笑，又点了一支烟。

就在这时，门开了，走进来一个体态丰盈、金发碧眼的女孩。她有着聪慧友善的眼睛，穿着黑色的丝质大衣，给我们端了茶来，还配了冷盘肉和蛋。塞弗林拿起一个蛋，用刀子切开。

"难道我没有告诉你这蛋要煮得软一些吗？"他如此大

声的呵斥使得这个女孩吓得发抖。"但是，亲爱的塞夫特储——"她胆怯地说。

"不要叫什么塞夫特储，"他大叫道，"你必须服从我的命令。服从，明白吗？"然后他扯下墙上的鞭子，那鞭子紧挨着他的武器。

这个女孩吓得像只小兔子般逃出这个房间。

"你等着，我不会饶过你的！"他在她背后喊道。

"哎，塞弗林，"我用手按住他肩膀，"你怎么能这么对一个年轻漂亮的女孩呢？"

"你看看她，"他滑稽地眨了眨眼睛，"如果我宠着她，她会拿着绳索套在我脖子上的，但现在你看，当我拿着鞭子对她，她却很崇拜我。"

"无稽之谈！"

"这可不是什么无稽之谈，这是驯服女人的方式。"

"噢，如果你喜欢这样，那么你可以像帕夏[1]一样生活在你的女人们当中，但是我可不要听你那套理论——"

"为什么不呢？"他急切地说道，"歌德的那句名言，'你要么是铁锤，要么是被铁锤敲打的砧板'是最适合用在男人与女人间关系上的。你梦中的女神维纳斯不就是这么对你说的吗？女人的权利躲藏在男人对她的热情中，不管男

——————————
[1] 译者注：旧时奥斯曼帝国和北非高级文武官的称号。

人明不明白这个道理，她都知道怎么利用这个权利。所以，男人只能从中作一个选择：要么做女人的暴君，要么做女人的奴隶。他要是作出让步，那么他就只能被套在枷锁里，被鞭子抽打。"

"奇怪的理论！"

"不是理论，是经验！"他点头回答道，"我确实被鞭打过，现在痊愈了。你想知道为什么会这样吗？"

他起身，从大抽屉中掏出一小摞手稿，放在我面前。

"你不是问我那幅画吗，这么久了我还没给你解释呢，就在这里了，你自己看吧！"

塞弗林背对着我，挨着烟囱坐下了，眼睛睁着，但看上去像是在做梦。房间里再一次陷入沉静之中，烟囱里的火苗，俄罗斯大茶壶，还有老墙角的蟋蟀又唱起歌来。我打开手稿开始阅读：

一个超感觉论男人的忏悔。

手稿页边的题词来自《浮士德》里的著名诗句，但稍稍作了改动：

你这个超越感觉者的悲哀，
被女人牵着鼻子走。

——墨菲斯托菲里斯

我翻过扉页，看了下去："下面的记载摘录于我那段时光的日记，因为人的过去是无法用完全精确的言语来描述的；但也因此每件事都带有它鲜艳的色彩，就是展现在我们面前的色彩。"

　　果戈里，俄罗斯的莫里哀，说过——在哪里这么说过？呃，在某个地方曾这么说过——

　　"真正的缪斯女神是一个躲在笑容面具下哭泣的女人。"

　　多么精彩的说法！

　　所以当我写下这些的时候有种奇怪的感觉，觉得整个周围都弥漫着花的香气，刺激着我，淹没着我，使我觉得头疼。壁炉里的烟一缕缕升起，化成一个个灰白胡须的小妖精，他们用手指着我，嘲笑着我。胖嘟嘟的丘比特骑着我的椅子扶手，站在我的膝盖上。当我写下我的经历时，不自觉地笑了，甚至大笑起来。然而我并不是用普通的墨水在写，而是用心里流出的鲜血写下这些经历。所有这些痊愈的伤口又重新被撕开，心颤抖着，刺痛着，眼泪不时掉下来，滴在手稿上。

　　在喀尔巴阡山的一个小小的健康中心，日子过得特别慢，因为这里看不到一个人影，待在这里无聊得可以写田园诗了。我空闲得可以为一整间画廊画所有的画，为整个剧院写上一整季度的歌剧，为一打艺术鉴赏家演奏各种曲子：

协奏曲、三重奏、二重奏等。但是，我要说的是，我所做的只不过是摊开画布，摆弄琴弓，画画乐谱。因为我——坦白地说，我的朋友塞弗林，一个人可以欺骗其他人，但无法欺骗自己——我对于这些艺术，像画画、写诗、作曲，还有许多其他所谓公益艺术形式，都只是个业余爱好者。在当今社会，从事这些艺术的人所拥有的收入足以和一个内阁大臣甚至副总统相提并论。但重要的是，在生活中，我这辈子都是业余爱好者。

直到现在，我还生活在自己的画和诗所描述的世界里，我从来没有跨越出这准备计划中的第一步，这人生的第一幕，第一个篇章。生活中有些人总是开始做一些事情，却从来没有真正完成过一件事情。而我就是他们中的一员。

看看我都说了些什么呀！

该回到正题上来了。

我靠着窗户，看着外面这个令我伤心，令我失望的小镇，它看上去真的像充满了无限诗篇一样美好。高高的山峰被金色的阳光缠绕着，被玉带般蜿蜒的河流环绕着。天是那么的纯净，那么的蓝，皑皑的雪峰仿佛插入云霄；郁郁葱葱的山坡那么的绿，那么的新鲜；羊群在山坡的草地上吃草，山坡下面是一片片金黄的麦浪，农夫在那里辛劳地收割庄稼。

我所住的房子位于一处可以被称做公园，或森林、荒野之类的地方，不管怎么叫它，总之是个非常偏僻的地方。

这里的住客除了我，就是一个来自莱姆堡的寡妇和房东塔尔塔科夫斯卡太太，她是个每天变得越来越小和越来越老的小老太婆。这里还有一只跛了脚的老狗和一只总是喜欢玩纱线球的小猫。我猜这个纱线球是那寡妇的。

据说，这个寡妇长得很漂亮，也很年轻，顶多二十四岁，而且还非常富有。她住在二楼，我住一楼。她的房间总是挂着绿色的窗帘，阳台上爬满了绿色葡萄藤。我这边有个长满金银花的露台，非常舒适，也很阴凉，平常我就在这看书、写作、画画，还像小鸟在树枝上一样地唱歌。我抬头就能看到那阳台，事实上，我经常这么做，时不时地还能看到一件白色袍子微微闪烁在浓密的葡萄藤缝隙中。

其实，那会儿我对这个漂亮女人并不是很感兴趣，因为我已经爱上别的人了，但是对此却很不开心，比《曼侬·莱斯戈》中托根伯格的骑士或爵士更不开心，因为我的爱慕对象其实是块石头。

在小小的荒野花园里，有两只鹿在草地上安静地吃草，在这片草地上，还竖立着一尊维纳斯女神像，我想这尊维纳斯原本应该是在佛罗伦萨的，她是我有生以来见过的最漂亮的女人了。

当然，这并不算什么，因为我很少见过漂亮的女人，相当的少。在爱情方面，我也只是个从来都没有超越准备计划中第一步、人生第一幕的业余爱好者。

但是为什么我要如此夸大其词，好像美这种东西其实是可以被超越似的呢？

完全可以说这尊维纳斯是很漂亮的。我疯狂地爱着她，这看上去有点病态，因为我的这个女人不能对我的爱有任何的回应，除了她那永恒不变的、沉静的、石头般的笑容。但我真的还是热恋着她。

当太阳在树荫下若隐若现时，我通常躲在小白桦树下看书。当夜晚来临的时候，我就去看望我那冰冷残酷的美人，跪在她面前，将脸埋在她脚下冰冷的石头基座上，向她祈祷着。

月亮缓缓升起，由盈变亏，美得无法形容。月光盘旋在整个树林之中，整片草地也沉浸在这银色的月光中。沐浴在这柔和的月光下，我的女神好像也变得更美了。

有一次当我"约会"完走在一条通往房子的小路上，我突然发现一个女子的身影，在月光的照射下，像石头一般的雪白，和我仅隔着几棵树的距离。就像是这尊漂亮的女神在同情我似的，突然活了过来，然后跟着我。这下，我心里莫名地害怕起来，心怦怦地跳，相反我应该——

呃，是的，我是个业余爱好者。通常在我需要跨出第二步的时候，我就垮掉了；不，我并没有垮掉，而是逃得能有多快就有多快。

无巧不成书！通过一个经营图片生意的犹太人，我得到了提香《照镜的维纳斯》的复制品，就这样我有了我的女神的相片。多么美的女子啊！我真想为她写一首诗，但我在拿起这幅画的时候，却在画上写下了"穿裘皮大衣的维纳斯"。

你冰冷如霜，但却唤起了我的热情。当然，你可以穿上那代表专制的裘皮大衣，因为再没有人比你——我美丽残酷的爱的女神——更适合它了！——过了一会儿，我加上了些歌德的诗句，这些诗句是最近我从《浮士德》的增补本中读到的：

致爱神

翅膀是谎言所在，

爱神之箭仅是利爪，

花冠掩藏了小角，

因为毫无疑问，他

像所有古希腊诸神一样，

是个伪装的恶魔。

然后，我将这幅画放在桌子上，用本书撑着它，仔细端详。看着它，我欣喜若狂又莫名地害怕，欣喜能看到这位高贵的女人裹着她紫黑色裘皮大衣所透露出来的冷艳和妩媚，却也害怕看到她那冰冷的大理石般的脸庞所透露出来的严肃和强硬。于是，我又拿起笔来，写了以下这段话：

"爱，与被爱，这该多么幸福啊！然而当你崇拜一个将你玩弄于股掌之中的女子，当你成为一个漂亮女暴君的奴隶，当她冷酷无情地将你踩在脚下的时候，那种爱与被爱的快乐就会显得黯淡无光了。就算是大英雄参孙也未能幸免，他义无反顾地爱着黛利拉，即使黛利拉一次又一次地背叛他。由于黛利拉的出卖，他被菲利斯人抓住，菲利斯人狠狠地揍他，挖出他的眼睛，可是直到最后一刻，他的眼神也没有离开那美丽的背叛者——带着愤怒与爱的陶醉。"

我在那长满金银花的露台上边吃早餐边看《犹滴传》，真羡慕荷罗孚尼啊，因为他被犹滴这位有着帝王气质的女子砍了头，他的死带着血腥的美感。

当万能的上帝惩罚他，就将他交到女人手中。

很奇怪，这句话令我印象深刻。

这些犹太人真是太不懂风情了，我想。当提起女性时，他们的上帝该会用一些更恰当的词来形容吧。

"当万能的上帝惩罚他，就将他交到女人手中。"我喃喃自语地重复着。我该怎么做，才能让万能的上帝也惩罚我呢？

愿上帝保佑！房东太太走了进来，才过一夜她又小了一些。

在绿色的葡萄藤中那白色的长袍又出现了。那到底是维纳斯还是楼上的寡妇？

这次是楼上的寡妇，她先向塔尔塔科夫斯卡太太行礼问好，然后问我是否可以借些书给她看。我马上跑回房间，抱了一大堆出来。

后来我才想起来那张维纳斯画像也夹在其中，太晚了，那张画像和我激情彭湃的题词都在她手里了。她看到了会怎么说呢？

我听到她笑了。

她是在笑话我吗？

一轮圆月从公园另一边低矮的铁杉上缓缓升起。银色的薄雾弥漫在阳台上，树林里，眼前的所能看到的所有景物里，慢慢地散到远方，像泛起涟漪的水一样渐渐消失了。

我还是忍不住了，有一种神奇的力量在召唤着我，我又穿上衣服，走进花园中。

冥冥中，有一种力量指引着我走向草地，走向她，我的女神，我的爱人。

深夜，有些冰凉，我轻轻打了冷战。空气里充满了树木和花草的香味，太令人陶醉了！

多么沉静的环境啊！慢慢地，四周仿佛响起音乐，夜莺在哭泣着，星星在蓝色的微光中闪烁。草地在月光下似乎变得光滑平整，就像镜子一样，又像池塘上结的冰。

我的维纳斯女神庄严肃穆地站立着，在月光的照耀下闪闪发光。

但，这时，发生了什么？一件黑色的裘皮大衣从石雕女神的肩膀滑落到她脚跟上。霎时间，我呆呆地站在那儿，惊愕地盯着她。忽然，一种无以名状的恐惧将我紧紧地包围，令我转身就逃。

我加快了脚步，这时，我才注意到没走到主道上，正当我想从旁边的小路绕回去时，我看到前面的石椅上坐着一位"维纳斯女神"，不是那尊完美的女神像，而是活生生的爱的女神。她真真切切地来到我的生活中，就像那尊女神像开始呼吸了一般。但是，奇迹只发生了一半。她白色的头发似乎像石头一样发亮，她白色的袍子像月光般微微发光，也许这袍子是缎面的。黑色的裘皮大衣从肩膀上垂下来。她的嘴唇红润，脸颊上也泛着红光，望着我，眼睛里闪烁着恶魔般邪恶的绿光——随后她大笑起来。

她的笑声非常神秘，非常——我不知道，很难去形容，但可以肯定的是，这笑声将我的魂魄都勾走了。我一直逃，每跑几步后，我都得停下来喘口气。这嘲弄般的笑声却一直跟着我穿过昏暗的林荫小路，穿过明亮的空地，钻进那只有月光才能穿过的灌木丛里。最后我迷路了，四处游荡，冷汗从额头上流下来。

最后，我傻站在那儿，演一出独角戏。

她也走了，一个也许文雅也许粗俗的人走了。

我自言自语道：

"蠢驴！"

这个词在我身上起到很大作用，就像是有魔力一样的，将我释放，让我又能主宰自己。

一时间，我完全平静下来。

带着一阵狂喜，我不住反复说道："蠢驴！"

眼前的一切又都明朗起来，温泉，黄杨夹道的小路，还有我那慢慢靠近的房子。

然而——就在刹那间那个影子又出现了。在月光的照耀下，那绿树仿佛镶上了银色的花边，就在绿树后，我再一次看到那个白色的身影，令我又爱又怕的石头般的女子又出现了。

我飞快地跳了几步，跳进屋子，喘了口气，沉思起来。

难道我真的只是一个不起眼的业余爱好者或者一个大蠢驴？

一个闷热的早晨，空气仿佛是静止不动了，充斥着刺鼻的味道。我坐在我那露台上，正看着《奥德赛》，妖媚的巫婆将她的仰慕者变成了野兽，一幅多么美妙的古代爱情之景呀！

树梢上传来轻轻的沙沙声，我翻书页时也发出沙沙的声音，还有露台也一样。

一个女子的长袍——

她在那儿——维纳斯——但没有穿着裘皮大衣——不，这次只是楼上的寡妇——但，她也是个维纳斯！

她穿着轻盈的白色长袍，望着我，窈窕的身段充满了诗意与高雅。她的身材正好，不胖也不瘦，她的头很吸引人，感觉像是法国侯爵夫人，有着一种活泼胜过严肃的美。她饱满的红唇是那么柔软，迷人！她的皮肤那么细嫩，以至于看得到青青的血管，甚至透过了手臂和胸前薄薄的衣服。她红色的头发多么丰盈——是红色的，不是黄色，也不是金色的，轻轻地缠绕着她的脖子。她的眼睛与我四目相交，闪出绿色的光芒——是的，她绿色的眼睛散发着无法形容的魅力，像是珍贵的宝石，还像深不可测的深山的湖水。

她看出了我的迷惑，这令我觉得窘迫不堪，因为我仍坐着没动，帽子也没脱下来。

她淘气地笑了。

而后，我站了起来向她鞠了一躬。她走得更近了，突然间笑了起来，像孩童般笑了起来。我像个傻瓜一样居然在这种时候结结巴巴起来。

我们就这样认识了。

这位女神问了我的名字，也介绍了她自己。

她叫旺达·范·杜娜耶。

实际上，她就是我的维纳斯。

"但是，夫人，你怎么有这种想法？"

"夹在你书里的那张图片——"

"啊，我都忘了。"

"它背后那令人好奇的题词——"

"为什么令人好奇？"

她看着我。

"有时候，我总是想了解一些真正的梦想家，希望体会不同的感受——而你就是最疯狂的一个。"

"尊敬的女士——实际上——"该死的，我又变得口吃了，还脸红了。只有十六岁的年轻人才会这样，我都老了十岁了。

"昨晚，你害怕见到我？"

"是这样的——当然——你不想坐下说吗？"

她坐在那儿，享受着我的尴尬——事实上，在现在的大白天里，我甚至比昨天晚上更怕她了。她的上唇抽动着，像是在嘲笑我。

"你将爱，特别是女人，当做是种充满敌意的东西，当做是你要反抗的东西，尽管不怎么成功。你认为爱的力量对你来说是一种快乐的折磨，是刺激的残酷。这个观点很现代。"

"你不这么认为？"

"我不这么认为。"她脱口而出，没有丝毫犹豫。她摇着头，卷发扬起红色火焰。

"我想要在我的人生里实现的理想是希腊人的平静——没有痛苦的快乐。我不相信那些基督教徒，那些现代人、精神骑士们鼓吹的所谓的爱。是的，看看我吧，我就是比异端者更异端，我是个异教徒。"

"当爱神在埃达山的小树林里爱上英雄阿基里斯的时候，你认为她经过长时间的考虑了吗？"

"这些来自歌德《罗马悲歌》中的诗句总令我欣喜。"

"实际上，只有英雄时代才存在爱，'当天神与女神相爱的时候'。在那个时候，'仰慕产生于匆匆一瞥，快乐由仰慕而生'。所有其他的都是虚伪的，做作的，骗人的。基督教可怕的象征——十字架，总是令我觉得恐怖。基督教徒总是把这些奇异的、充满敌意的东西带到这个世界来。

"与感官世界的精神之战是现代人的新福音书。我可不想碰它，哪怕是一丁点。"

"是的，女士，奥林匹亚山是很适合您的地方，"我回答道，"但是我们现代人不再支持这古时的平静，至少在爱情上不。一想到要和其他人——哪怕是和其他人分享阿斯帕西娅，我们都感到反感，我们像我们的神一样善于嫉妒。比如说，我们已经将美人芙丽涅的名字变成了一个用来辱骂的词语了。

"我们宁愿爱上一个荷尔拜因的处女，尽管她长相平平，脸色苍白，但她是真正属于我们的。然而古代的维纳斯女神，无论她有多么的美丽，但她总是见异思迁，今天爱上安喀塞斯，明天爱上帕里斯王子，后天又跟了阿多尼斯。假如天性战胜了我们，让我们放任自己疯狂地爱上那样一个女子，她生活的平静与欢乐在我们看来是邪恶与残酷，我们也把这种快乐当成我们必须弥补的一种罪恶。”

“所以，你也是众多追求现代女人，追求那些可怜的歇斯底里的女人中的一员，这些女人不懂得欣赏真正的男子气概，而漫无目的地寻找所谓梦中情人。她们每天在大喜大悲中抱怨那些基督教职责；她们欺骗着别人也同时被人欺骗着；她们总是一再地寻找着，选择着，拒绝着；她们从来都不快乐也从未给别人带来快乐。她们控诉命运而不愿意冷静地承认她们想像海伦和阿斯帕西娅那样活着，爱着。大自然并不容许男女之间的关系能够永恒。”

“但是，我亲爱的夫人——”

“请让我讲完。想要将女人当成宝藏般珍藏起来，只是男人的自我主义在作祟。为了让爱能永恒，让爱这种最易变化的东西永存于善变的人类中所作出的努力，不管是神圣的宗教仪式，庄严的宣誓，还是合法化仪式，最后都以失败告终。你能否认我们的基督教世界正在腐化吗？”

“但是——”

“但是，你想要说的是，那些反抗社会安排的人总是要被驱逐，被谴责，被惩罚。是的，我很愿意去尝试一下，我就是个彻底的异教徒。我将要过着满意的生活。我宁愿不要你伪善的尊重而选择简单的快乐。基督教婚姻的发明者做得好，因为他同时发明了一种不朽的形式。然而，我不想活到永远。假如，我，旺达·范·杜娜耶的所有一切都随我最后呼吸而结束的话，那去担心我纯洁的灵魂是否在天使唱诗班唱歌有意义吗？担心我的尘埃是否变成新的事物存在还有意义吗？难道我该永远归属于一个我不爱的男人，仅仅因为我曾经爱过他吗？不，我不愿意放弃，我爱那些令我开心的男人，我愿将快乐带给每个爱着我的男人。难道这样很不堪吗？不，这至少比我残忍地折磨一个为我憔悴的男人要好得多。我年轻、富有、漂亮，正如我所说的，我活着就是为了寻找快乐和享受生活的。"

当她在说话时，她的眼神里透露着顽皮。我紧紧地抓住她的手而不知该怎么办，但我真的是个地地道道的傻瓜，我竟然就放开了。

"你的坦白，"我说，"打动了我，还不只这些——"

我那该死的怯懦现在又令我结巴了，就像是有条绳子将我脖子勒住让我说不出话来。

"你想说什么？"

"我想说的是——我说——对不起——我刚才打断你了。"

"然后怎么样？"

接下来谁也没说话，沉默了好一会儿。她显然陷入了自己的思维中，自言自语的，这样的情形用我的话来说就是一个词："蠢驴"。

"假如允许的话，"我最后开口了，"你怎么得出这些——这些结论的呢？"

"相当简单，我父亲是个智者。我从小时候就在一个古代艺术的氛围中成长，在十岁的时候，我看《吉尔·布拉斯》，在十二岁的时候，我看《圣女贞德》。当其他小孩和'小拇指''蓝胡子''灰姑娘'做朋友的时候，我的朋友是维纳斯与阿波罗，大力英雄海格立斯和拉奥孔。我丈夫的性格真诚开朗，即使在我们婚后不久他得了不治之症的时候也没有皱过眉头。在他临死那晚，他将我抱在怀里。在他坐在轮椅上的那几个月里，他经常和我开玩笑：'呃，你是不是有仰慕者呢？'我的脸羞红了。'不要欺骗我，'有一次他加上这句话，'欺骗只会令我厌恶。找一个英俊小生或是其他适合你的男人吧。你是个出色的女人，但也只是个半大不小的小孩，你还需要些玩具。'"

"我想我不需要告诉你在他有生之年里，我是没有情人的；但也是因为他，他的这些话，令我变成现在的样子，一个希腊女子。"

"一个女神。"我打断她。

"哪一个？"她笑着说。

“维纳斯。”

她皱着眉头，伸出手指吓唬我：“也许，真的有一个穿着裘皮大衣的维纳斯。你当心了，我有一件非常非常大的裘皮大衣可以将你整个包住，我有可能就将你网在当中了。”

“你相信吗？”我飞快地说，因为当时我脑子里闪过一个似乎很棒的想法，尽管它实际上既老套又陈腐，“你相信你的理论在现在可以付诸实践吗？维纳斯能够以她那不着寸缕的美和恬静不受惩罚地在我们的铁路和电报上游荡吗？”

“不着寸缕！当然不是的，应该是穿着裘皮大衣，”她笑着回答道，“你想看看我的吗？”

“然后呢——”

“什么然后？”

“想要像希腊人那样美丽、自由、恬静、幸福的话，就得拥有能够为他们干活的奴隶。”

“当然，”她开玩笑地说，“一个奥林匹亚女神，比如我，就要有一队的奴隶们。你得当心哦！”

“为什么？”

我被她的话语吓到了，脱口而出地问了“为什么”，而她对此一点也不惊讶。

她的嘴唇微微上翘，露出小小的洁白的牙齿，然后轻轻地说，好像她要说的事情无关紧要似的：“你想成为我的奴隶吗？”

"爱情中没有什么公平可言，"我严肃地说，"当要我作出选择——统治或服从的时候，我更愿意接受漂亮女人的统治。但是我该上哪儿找这样一个懂得如何冷静、自信，甚至是严酷的统治男人的女人，而不是靠对小事唠唠叨叨来制伏男人的女人呢？"

"哦，这不难啊！"

"你认为——"

"比方说，我。"背向后靠着，她笑道，"我有着专制的天分——我也有象征专制的裘皮大衣——但昨晚你着实被吓得不轻啊！"

"是的，相当严重！"

"那现在呢？"

"现在？比之前任何时候吓得都厉害呢！"

我和——维纳斯，我们现在每天都在一起，大部分时间都待在一起。在我那长满金银花的露台上吃早餐，在她小小的会客室里喝茶。我可以在她面前展现我那小小的才华。假如我不能为这么漂亮娇俏的女子服务的话，那么我对各种科学的研究，还有各种艺术才华又能有什么用呢！

但这个女人并非是没有影响力的，事实上她给我留下的印象是很惊人的。今天，我为她画像，很明显地感觉到她摩登的着装与她石雕般的头实在是不配。她的脸形更像是个希腊人而非罗马人。

有时我将她画成美丽善良的赛姬公主，而有时是英勇善战的阿施塔特。这取决于她眼睛里所透露出来的光芒是如梦幻般暧昧的，还是带着强烈的渴望，尽管有些疲倦。然而，她坚持只要一种肖像画。

我该给她画上裘皮大衣。

对此，我怎么能有任何迟疑呢？除了她，还有谁更适合这高贵的裘皮大衣呢？

昨天晚上我给她念《罗马悲歌》，然后我将书放在一边，临时发挥了一下，她看上去很满意，还不止这些，实际上，她被我的一字一句所吸引住了，以至于她的胸膛跟着起伏。

或者是我弄错了？

雨点轻悠悠地打在窗户玻璃上，火焰在壁炉里噼啪作响，似乎想给这寒冷的冬天带来些温暖。和她在一起，让我有家的感觉，有一刻我对这个美人的畏惧全都抛诸脑后了；我亲吻着她的手，她也默许我这么做。

然后，我坐在她的脚边，将我写给她的短诗念给她听。

穿裘皮大衣的维纳斯

将你的脚踏在奴隶背上吧，

哦，你！你是邪恶与梦幻的化身。

在这一片黑暗阴影中，

唯有你修长的身影闪闪发光。

等等……这次，我的诗当然不止这第一段。在她的要求下，我那天晚上就给了她这首诗，没有存底。而现在，在我写日记的时候，只能回忆起第一段。

我正陷入一段很古怪的感情当中。我不相信我爱上旺达了；在第一次见面的时候，我对她并没有那种触电的感觉。但是，她的与众不同，超凡的美丽渐渐令我掉入这个魔幻般的陷阱之中。这并不是精神上的同情，是一种生理上的征服，来得缓慢却很彻底。

我一天比一天陷得深，而她——她只是微笑。

今天，无缘无故地，她突然对我说："你喜欢我。大多数男人都很普通，没有任何气魄或诗意。而你，有着一定的深度、热情和深沉，这些都打动着我。我可能会学着爱上你。"

在一场短暂却猛烈的暴雨过后，我们一起走到草地上来，走向维纳斯女神像。周围到处是泥泞，空气中薄雾笼罩犹如熏香环绕，残缺的彩虹挂在空中。树上时不时的还有水珠滴下，麻雀和云雀已经忙碌地在嫩枝上穿梭，欢快地叽叽喳喳叫着，好像在为什么事欢呼。到处都充满着清新的香气。由于草地是湿的，我们无法穿越过去。在阳光的照耀下，草地看上去像是个小池塘，而爱之女神像是从这波光粼粼的水面上升起似的。在她头上有一堆的小飞虫在跳舞，在阳光的照射下，闪闪发光，仿佛是在她头上的一圈光环。

旺达沉浸在这美景当中。因为这沿路的长椅还是湿的，她就靠在我的肩膀上休息了一会儿。她显得有些累了，眼睛半闭着，我能感觉到她的呼吸。

我不知道我怎么会鼓起那么大的勇气，但那时，我紧紧握住她的手，问道：

"你能爱我吗？"

"为什么不呢。"她回答道，冷静而清澈的眼神停在我脸上，尽管时间并不长。

过了一会儿，我跪在她面前，将我的脸贴在她的大衣上。

"塞弗林，这样不行。"她叫道。

但是我却紧紧握住她的小脚，轻轻地亲吻着它。

"你越来越放肆了！"她呵斥道。她挣脱开来，逃回屋子去了。然而，她那可爱的拖鞋掉在了我手里。

难道这是个预兆？

接下来的一整天，我都不敢靠近她。到了傍晚，当我坐在露台上的时候，她突然从阳台上绿油油的葡萄藤中探出头，露出红色的头发来，不耐烦地喊道："你为什么不上来？"

我马上跑上楼，到了楼上的时候，我又胆怯了。我轻轻地敲了敲门。没听见她说进来，但她却自己来开门了，站在门口。

"我的拖鞋呢？"

"它在——我——我想。"我结结巴巴地说道。

"去！把拖鞋拿上来，然后我们喝茶聊天。"

当我再回来时，她已经开始泡茶了。我郑重地将拖鞋放在桌子上，然后像个等待受罚的小孩一样站在角落里。

我注意到她的眉毛轻轻地皱了一下，嘴角中透露着严酷与专制的意味，这个样子真令我着迷。

她突然间笑了出来。

"所以——你是——真的爱我了？"

"是啊，你想象不到我每天所受的煎熬。"

"受煎熬？"她再一次大笑道。

她的笑声令我反感，觉得受到羞辱，受到伤害，但所有这些都没有用。

"为什么这样呢？"她继续问道，"我全身心地喜欢着你。"

她把手递给我，微笑地看着我。

"那么，你愿意嫁给我，做我的妻子吗？"

旺达看着我——该怎么形容她是看着我的样子呢？我想她首先是觉得惊讶，然后略有些愤怒。

"你怎么突然有这么大的勇气？"

"勇气？"

"是的，有勇气，有勇气向别人求婚，特别是向我求婚？"这时，她举起拖鞋，"是突然跟这拖鞋建立友谊了吗？——开个玩笑。回到正题，你真的想跟我结婚吗？"

"是的。"

"那么，塞弗林，这可是一个严肃的问题。我相信，你爱我，而且我也关心你。更重要的是现在我们彼此互相欣赏，所以现在我们不会厌倦对方。但是，你知道，我是一个善变的人，所以对于结婚我特别慎重。一旦我承担起这责任，我应该能够遵守它们。但是——我担心——如果我没能够遵守——那么我就伤害了你。"

"请完全对我坦白。"我回答道。

"呃，那么，坦白来说，我不相信我能够爱一个男人超过——"她将头优雅地转向一边，沉思着。

"一年？"

"你这么想的？——可能只有一个月。"

"甚至是我也只有一个月？"

"哦，你嘛——也许两个月吧。"

"两个月！"我惊呼道。

"两个月已经非常久了。"

"夫人，这可不是在古代。"

"你看看，你根本没办法承受这个事实。"

旺达穿过这房间，斜靠在壁炉旁，望着我，将胳膊放在壁炉架上。

"对你，我该怎么做呢？"她重新开始问我。

"你想怎么做就怎么做吧，"我顺从地回答道，"只要你高兴就好了。"

"这多么不符合逻辑啊！"她叫道，"首先，你想要我成为你的妻子，然后现在你却愿意变成我的玩偶。"

"旺达——我爱你。"

"现在我们又退回到原点了。你爱我，希望我做你的妻子，但我不想被新的婚姻捆绑。因为我对于我们的感觉是否能永久是持怀疑态度的。"

"那如果我宁愿冒险也要跟你在一起呢？"我回答道。

"但这要取决于我是不是也愿意冒这个险啊，"她平静地回答道，"我可以轻松地想象我会一直属于这样一个男人，他是一个全能的出类拔萃的人，他可以掌控着我，他用他的魅力来征服我，你明白这才是我想要的吗？而我相当清楚地知道，每个男人，一旦陷入爱中，就变得软弱、顺从和可笑。他将自己送到所爱女人的手中，愿意跪拜在她面前。我唯一可能永远爱着的人必须是令我倾倒，令我拜倒在他面前的人。然而，因为我也这么喜欢你，所以我愿意试着与你在一起。"

我感动得跪倒在她脚下。

"我的上帝，你现在就已经开始拜倒了，"她奚落我道，

"这是个好的开始。"当我站起来的时候，她继续道，"我将给你一年的时间来征服我，让我相信我们是适合对方的，我们该生活在一起。如果你做到了，我就会嫁给你，做你的妻子，塞弗林，做一个尽职尽责的妻子。在这一年里面，我们要像夫妻一样的生活——"

我的血冲上了脑门。

我也在她的眼睛里看到了闪过的光芒——

"我们将住在一起，"她继续，"分享我们的生活，这样我们可以发现是否真的适合对方。你有权利在这期间做我的丈夫、爱人和朋友。这样，你满意吗？"

"我猜，我一定得满意。"

"你不用勉强满意的。"

"那么，我想要——"

"很好！这才像一个男人该说的话。来，牵着我的手！"

接下来的十天里，除了晚上，我每时每刻都跟她待在一起。我尽情地看着她的眼睛，握着她的手，听她说话，陪她去所有地方。

对我来说，我的爱就像是一个无底的深渊，我也陷得越来越深。现在已经没有什么能够将我拉出这个深渊。

这天下午，我们在草地上休息，就坐在维纳斯石雕像脚下。我摘下花，将它们放在她的衣兜里。她将这些花编成一个花环，戴在维纳斯石像头上。

突然，旺达很奇怪地看着我，这令我变得困惑了，激情就像火一样扫过我的头脑令我无法控制自己。我伸出手紧紧地抱着她，亲吻她的唇。而她——她将我拉近，靠在她起伏不停的胸前。

"你生气吗？"我试着问她。

"我从来不会为正常自然的举动感到生气——"她回答道，"但是我担心你受到伤害。"

"哦，我正在遭受可怕的痛苦。"

"可怜的人！"她理了理我前额上凌乱的头发，"我希望这不是我的错。"

"不——"我回答道，"当然不，是我对你的爱几乎演变成一种疯狂。我整天整夜地担心会失去你，可能我真的会失去你。"

"但是你还没有拥有我呢！"旺达说道，她再次看着我，带着兴奋强烈的表情，就是这个表情让我神魂颠倒。然后她站了起来，她的小手将蓝色的银莲花戴在维纳斯的头上。我不情愿地抱住旺达的腰。

"哦，你这神奇的女人，我再也不能过没有你的生活，"我说，"相信我，就相信这一次，这一次不是刻意讨好，也不是在说梦话。我心灵最深处坚信我的生命与你紧紧相连。如果你离开我，我将会崩溃，将会死去。"

"没有这样的必要，因为我爱你，"她捧起我下巴，"你这傻瓜！"

"但只有我符合了你的条件，你才是我的，然而我无条件地属于你——"

"塞弗林，这并不明智，"她有些震惊地回答道，"难道你还不了解我，或者是你绝对不想了解我？当一个人理智、严肃地对待我时，我会很有分寸，但是如果像你这样屈服于我，会令我变得自大傲慢——"

"那就这样吧，尽管自大傲慢，蛮横专制，"我大喊道，语气里带着兴奋，"只对我一个，永远只对我一个人。"我靠在她脚边，抱住她的膝盖。

"那样到头来不会有好结果的，我的朋友。"她躺着不动，严肃地说道。

"不会到头的，"我激动地嚷道，几乎是歇斯底里，"只有死才能将我们分开。如果你不能属于我，不能完全属于我，不能永远属于我，那么我想做你的奴隶，服侍你，忍受你所有的事情，只要你不赶我走。"

"你冷静点，"她说道，弯下腰，亲吻着我的前额，"我真的很喜欢你，但是你的做法不是征服我、拥有我的正确方法。"

"我愿意做任何你想做的事，绝对是任何一件你想做的事，只要能不失去你，"我叫喊道，"不要离开，想起这，我就没有办法承受。”

“起来！”

我顺从地站了起来。

“你真是个奇怪的人，”旺达继续说道，“你不惜任何代价拥有我？”

“是的，任何代价都可以。”

“但是假如我不再爱你了，或者我属于了别人，”她像在考虑着什么，眼里隐约带着怪异的神情，“比方这么说的话，那拥有我又有什么意义呢？”

听到这儿，我浑身打了个冷战。我凝望着她，她——一动不动，自信满满地站在我的面前，她的眼神里闪过一丝冷酷的光芒。

“你看，”她继续说道，“你被这种想法吓到了吧。”她的脸上突然露出灿烂的笑容。

“当我想到我爱的，同时也回应了我的爱的女人竟然无视我而投入了另外一个人怀抱的时候，我感到极度惶恐。但是我还能有别的选择吗？如果我爱上这样一个女子，甚至可以说是疯狂地爱上她，难道我能因为自傲而背叛她，而失去这所有一切吗？这无异于我拿枪对着自己的脑袋，我会这么做吗？在我心目中有两种理想的女人。如果我不能够使一位高贵单纯的女子忠诚于我，与我共度此生的话，那么我也不能半途而废，或对她冷淡下来。我宁愿受一位无德、不忠也没有同情心的女人使唤。这样一个自私的女子也是我的一个理想对象。如果我不能享受着一份完整的爱，那么我就想尝尝受折磨这种痛苦的滋味；我宁愿被我爱的女人虐待、背叛，越残忍越好。这也是一种奢侈的享受啊！"

"你失去理智了吗？"旺达大喊道。

"我用我身心所有一切深爱着你，"我继续说，"你的存在，你的个性，你的所有对我都非常重要，是我继续活下去的动力。请在我理想的女性类型中作出个选择吧，不管是作为你的丈夫还是奴隶，都让我为你做你想做的事吧。"

"这很好，"旺达说道，皱起她那细细弯弯的柳眉，"对于我来说，掌控一个对我感兴趣的爱我的男人是很有意思的。至少我不会无聊了。你太鲁莽了，把这个作决定的权利留给我。那么我决定，我想让你成为我的奴隶，我要你成为我的一个玩偶。"

"哦，就这么做吧。"我半惊颤半惊喜地叫道，"如果婚姻是建立在双方同意、互相平等的基础上，那么当双方是对立的时候，会产生最强烈的感情。而我们正是对立的，几乎可以说是敌人。这也是我对你的爱夹杂着一半怨恨一半惧怕的原因了。这样的关系就好比一个人是锤子，另一个是砧板。而我希望成为你的砧板。如果让我俯视我所爱的人，这令我觉得不开心。我想崇拜她，特别是当她对我残酷的时候。"

"但是，塞弗林，"旺达生气地嚷道，"你认为我能够虐待一个像你这么爱我也为我所爱的人吗？"

"为什么不呢？如果那样能让我更崇拜你的话。我们男人有可能只爱高高在上的女人，一个用她的美貌、气质、智慧、意志征服男人，然后成为一个凌驾于我们之上的专制的女人。"

"那么那样的女人只会吸引你而令其他男人厌恶。"

"是的，这就是我奇怪的地方。"

"可能是，毕竟在你的感情中没有其他什么特别或者与众不同的地方，因为有谁会不喜欢这漂亮的裘皮呢？而且每个人都知道，都能感觉到色情和残酷之间紧密相连。"

"但是，对我来说，这些都达到了一个最高的极限。"我回答道。

"换言之，理智对你来说起不了什么作用，你生来性格温和、敏感，容易屈服。"

"那些殉教者也都是天生温和、敏感的吗？"

"殉教者？"

"相反，他们是超感觉的人，他们在煎熬中找到快乐。他们寻找着世界上最残酷的折磨，甚至是死亡，就像其他人寻找着快乐一样。而我——就是一个这样的超感觉的人。"

"你要小心不要成为爱情的殉教者，女人的殉教者。"

在夏夜里，空气里充满着甘醇的香气，我们坐在旺达的小阳台上，头上有着双重屋顶。头一层是葡萄藤搭的绿色屋顶，然后是万点星星点缀着的夜空。小猫发情的低声哀嚎从公园里响起。我坐在我的女神身边的小凳子上，跟她讲我的童年。

"所有这些怪异的性格在那个时候就已经体现出来了？"旺达问道。

"是的，我已经记不得没有这些性格的时候了。甚至是在我的幼年时期，我母亲告诉我，我是个超感觉者。我拒绝吃我保姆健康的母乳，他们只好给我喝羊奶。当我还是小男孩的时候，每当在女性面前我都会显得特别害羞，这是我对女性特别感兴趣的表现。我害怕教堂的灰色拱顶，半黑色的墙。在火光闪闪的祭坛前，在圣徒们的画像面前我会惊慌失措。我偷偷地喜欢上了我父亲小图书室里的维纳斯石膏像。我跪在她的面前，对她说我学到过的祈祷，包括主祷文、万福马利亚的教诲和基督教的信条。

"有一个晚上，我起床去看她，镰刀般的月亮给了我光芒，照亮了黑暗的路，将我的女神笼罩在一层浅蓝色的冰冷的光辉下。我拜倒在她面前，亲吻着她冰冷的脚，就像是那些农民亲吻着死去的救世主的脚一样。

"一种不可控制的向往的感觉牢牢地将我抓住。

"我站起来，拥抱着她那冷冰冰的曼妙的身体，亲吻着那冰冷的双唇。突然，我打了个冷战，然后就逃跑掉了。后来在梦里，好像女神来到我的床边，举起手臂威胁着我。

"我很早就被送入学校，很快，我就念到了高级中学。我狂热地学习着古代给我们留下的所有东西。不久，我对希腊诸神的了解比对基督教还熟了。我与帕里斯王子一起给了维纳斯那个决定命运的苹果，我看到了特洛伊城在燃烧，跟着尤利塞斯一起流浪。所有这些故事的原型都已经深深地烙印在我心灵深处。当其他男孩变得粗鲁、猥亵的时候，我对所有那些低级、粗俗、丑陋的事物感到无比讨厌。

"对那时正在慢慢成熟的年轻人——我来说，爱上女人看起来是特别低级、丑陋的事，因为爱上女人是所有男人都会做的事。我避开所有跟性有关系的接触，简单地说，我是个疯狂的超感觉者。

"当我大概十四岁的时候，我妈妈有一个长得很漂亮的女仆，她身材凹凸有致，很是迷人。有一天，当我在研究我的塔西佗，沉浸在古代日尔曼民族美德中的时候，她正好在打扫我的房间。突然间，她在我面前停了下来，弯向我，她手里还紧握着扫帚，她那鲜嫩、丰满、可爱的双唇亲了我一下。这个迷恋我的小猫的吻令我浑身颤抖，我举起我那本有关日尔曼民族的书当盾牌，挡住这个勾引男子的女仆，然后愤怒地跑出了房间。"

旺达大笑起来："确实很难找到一个像你这样的男人了，继续吧。"

"那个时期还有件令人难忘的事情。"我继续讲我的故事。

"索波尔伯爵夫人，我的一个远方姑姑，来拜访我的父母。她是个带着迷人笑容的漂亮高贵的女子。然而，我却憎恨她，因为全家都将她当做梅萨林娜皇后般对待。我就总是对她特别粗鲁、敌视，尽可能让她难堪。

"有一天，我父母去了当地首府。我姑妈决定趁他们不在的时候，给我点颜色瞧瞧。她突然走了进来，穿着一件貂皮边的外套，后面跟着厨子、厨房帮佣，还有那个令我瞧不起的可恶女仆。他们一声不响就将我抓住，尽管我尽力挣脱，他们还是把我的手脚绑了起来。然后，我的姑妈，带着邪恶的笑，卷起袖子，用一根结实的鞭子鞭打我。她用力鞭打着，我的血都流出来了。最后，尽管带着我心里的英雄气概，我还是哭着向姑妈求饶。然后她才给我松绑，但是我还是跪在地上，感谢她对我的惩罚，还亲了她的手。

"现在你明白我这个笨蛋超感觉者了吧！在漂亮女人的体罚下，我第一次感觉到了女人对我的意义。裹在裘皮夹克下的她对我来说就像是个愤怒的皇后，从那时候开始，在我心目中，姑妈变成了这个世界上最有吸引力的女人。

"我的弱点——比如拘谨和见到女人变害羞的毛病现在都不算什么了，现在我渴望的是对美女的感觉。在我的想象里，性欲变成一种祭拜。我对自己发誓，绝不把这神圣的财富用在凡人身上，我要保留给我的理想情人，如果她本身就是个爱的女神。

"我非常早就上了大学。那所大学就在姑妈居住的城市里。在那时，我的房间看上去就像是浮士德的房间。那里什么东西都有，而且还很乱。硕大的壁柜塞满了书，这些书都是从一个赛凡尼卡街的犹太人手中买到的，买这些书仅仅是为了一首歌。屋里还有地球仪、地图、小水瓶，一些高空制图、动物骨架、头颅、名人的半身像等。似乎墨菲斯托菲里斯随时都可能像个思考中的学者那样从那个巨大的绿色储物柜背后走出来。

"我杂乱无章、毫无筛选地学各种各样的东西：化学，炼金术，历史学，天文学，哲学，法律，解剖学和文学。我读了许多作家的作品：荷马，维吉尔，奥西恩，席勒，歌德，莎士比亚，塞万提斯，伏尔泰，莫里哀，我还读《古兰经》《宇宙论》和卡萨诺瓦的《回忆录》。我每天都感到更迷惑，幻想得越来越多，更像是个超感觉者了。一直以来，有一个美丽的理想情人的形象在我的想象里盘旋，时不时地，她像个幻影般出现在我眼前，出现在那包着皮边的书上，在那动物的骨架上，她仿佛躺在盛开的玫瑰花丛上，被丘比特们环绕着。有时，她穿着奥林匹亚山神的长袍，有着像石雕维纳斯那般苍白的面容，有时留着棕色的头发，湛蓝的眼睛，还穿着姑妈那件红色的貂皮边外套。

"一天早晨，当她又带着那美丽的笑容，在我想象的金色迷雾上缓缓出现。那天，我去看索波尔伯爵夫人，她热情友好地接待了我，还给了我一个吻表示欢迎，这令我心潮彭湃。她虽然已经四十岁左右，但就像世界上大多数保养得好的女人一样，仍然很有吸引力。她还是穿着一件貂皮边的外套，而这次是一件棕色貂皮边、绿色天鹅绒的外套。这样的她一点也看不出那当初令我欢愉的残忍来。

"相反，她一点也不残忍，而是允许我崇拜她。

"她很快就发现了我超感觉者的愚蠢和无知，这些令她乐意来逗我开心。至于我——我简直是快乐似神仙。令我最兴奋的是她允许我跪在她面前，亲吻她的手，那双鞭打我的手！那是双多么神奇的手啊！手形那么漂亮，那么纤细，那么圆润，那么白，还有可爱的酒窝！在当时，我只爱上她的手。我玩着那双手，让它们在黑色的貂皮中时隐时现，将它们藏在避光的地方，它们简直让我看也看不够。"

我注意到旺达不自觉地看了看她的手，于是笑了。

"从以下这些行为你就可以看出来超感觉对我有多大的影响。先说我的姑妈，我只是爱上了她对我的残酷鞭打。大概那之后两年，我对一个年轻演员献殷勤，只是因为我喜欢她扮演的角色。再之后，我爱上了一个令人尊敬的女士。她的品德看上去无可挑剔，但是最后她还是背叛了我，跟一个有钱的犹太人跑了。你看，因为我曾经被那样的女人背叛过，她假装有着高尚的品德和完美的形象。因此我非常讨厌那些理想化的感性的美德。如果一个女人能这样向我坦白：我是一个像蓬帕杜夫人[1]那样的人，一个像卢克莱西亚·博尔贾[2]的人，那么我将崇拜她。"

旺达站起身来，打开窗子。

"你有一种奇特的方式，它能引起人的想象，刺激人的神经，令人心跳加速。只要够真实，你甚至可以给别人的恶习也加上光环。你理想的对象是一个真正大胆的情妇。噢！你是那种能完全毁掉一个女人的男人。"

半夜，有人来敲我的门，我起身开门，惊呆了！穿裘皮大衣的维纳斯就站在门口，就像她第一次出现在我面前的样子。

"你的故事激起我的想象，我躺在床上翻来覆去睡不着。"她说，"你出来陪陪我。"

"马上来。"

当我走进旺达房间时，发现她正蜷缩在壁炉旁，扇起一小团火。

"秋天要来了，"她开始说话，"夜晚已经逐渐变凉了。我担心你会不高兴，但直到屋里足够暖和，我才会脱掉我的

---

[1] 译者注：法国十八世纪一位铁腕女强人，凭借自己的才色，蓬帕杜夫人影响到路易十五的统治和法国艺术。

[2] 译者注：罗马传说中的贞妇名，贞节的模范。

裘皮大衣。"

"不高兴——你在开玩笑——你知道——"我伸出手抱着她，亲吻她。

"当然，我知道，但是为什么对裘皮这么情有独钟呢？"

"天生就喜欢，"我答道，"当我还是小孩的时候，我就这样了。此外，裘皮对这个高度组织的大自然有一种刺激的作用。这是普遍而自然的法则。它就像是一种生理刺激，令人有麻刺的感觉，没有人可以完全忽略它。科学证明电流与温暖有着一定的联系，无论如何，它们在人体组织上的作用是有关联的。住在热带的人通常比较热情，这是由于高温天气引起的。电也一样。这也就解释了为什么猫对聪明的人能有很大影响的原因，为什么这些动物王国中的长尾的优雅小动物，那些可爱的，像充电电池一样闪耀光芒的动物成为穆罕默德、红衣教主黎赛留、柯瑞比兰、卢梭或者维兰德这一类人的宝贝。"

"那么，一个穿着裘皮的女人，"旺达嚷道，"不过是一只大点的猫！是充了电的电池？"

"当然，"我回答道，"这是我关于裘皮作为力量与美貌的象征意义的解释。早期，只有君王和贵族们才能穿它，用它来区分身份。伟大的画家只为如皇后般美丽的女人画上这裘皮大衣。比如拉斐尔将它画在他爱的弗娜芮纳身上，展现她最美丽的线条；提香也用它装扮爱人玫瑰色的身躯。"

"谢谢你引经据典，在爱情方面作了精彩的阐述，"旺达说道，"但是你并没有把每件事情都告诉我。你还将某些特别的东西和毛皮联系在一起。"

"确实如此，"我叫道，"我已经再三地告诉你，受折磨对我来说有着非凡的吸引力。再没有什么比专制、残酷，特别是一个漂亮女人的不忠更能引起我的激情的了。而且我无法想象这样一个不穿裘皮的女人的样子，她源于丑陋中的美，是个奇怪却又完美的形象，她有着费蕊茵[1]的身体和尼禄[2]的灵魂。"

旺达打断我说："我明白了，它赋予女人统治与美貌。"

"不仅仅是这样，"我继续说道，"你知道的，我是一个超感觉者。对我来说，想象里的每一件事情都是有根源的，然后被夸大化了。我是个早熟且高度敏感的人，在我十岁的时候，我就开始读《殉教者传奇》了。我还记得在读它的时候，我感到恐慌，而这种感觉令我狂喜。我读到书里讲到殉教者被囚禁在牢里受折磨，日益消瘦，他们被利剑穿过，被沸水煮过，被丢到荒野喂野兽，被钉在十字架上。他们在受这么残酷的折磨时，却还是快乐的。从那时开始，经

---

[1] 译者注：古罗马的高级妓女，以美著称。
[2] 译者注：古罗马暴君。

历和忍受这样残酷的折磨对我来说就是很快乐的，特别是被一个漂亮女人折磨。自此以后，对我来说，女人集所有美德与所有邪恶于一身。而我也逐渐地将这样的想法变成一种信念。

"我认为性是神圣的，事实上，这是唯一神圣的东西。在女人和她们的美貌上我看到这样的神圣，因为她们担负着最重要的生存使命——繁衍后代。对于我来说，女人是大自然的化身，是伊希斯[1]。男人是她的牧师，是她的奴隶。与男人不同的是，当女人不再需要男人为她服务的时候，她会像大自然一样残酷地将男人抛弃。而对于男人来说，她的残忍，甚至是将男人置之死地仍然是一种极大的享受。

"我羡慕巩特尔王[2]在新婚之夜被强大的布伦希尔德女神捆绑；我羡慕那位可怜的行吟诗人被她那反复无常的女主人缝上狼皮，像追赶猎物似的追赶他，并以此为乐；我羡慕史提拉特骑士在布拉格附近的一个森林里被大胆狡猾的亚马逊萨尔卡诱捕，然后带回萨尔卡的帝汶城堡之中，在城堡中耍了他一阵便将他压死在车轮之下。"

"太恶心了，"旺达大嚷道，"我差点希望你沦落在这一类野蛮的女人手中了；被缝上狼皮，被恶狗追咬，或是被压

---

[1] 译者注：古代埃及司生育和繁殖的女神。
[2] 译者注：《尼伯龙根之歌》中的勃艮第国王。

在车轮之下，但如果这样的话，你那些诗情画意就不复存在了。"

"你这么想的？我可不。"

"你是不是真的失去理智了？"

"可能吧。让我继续讲下去。我冲动疯狂地阅读那些无比残酷的书。我尤其喜欢那些表现残忍的图片与画。我看到残酷的暴君坐在国王宝座上；审讯者折磨、烘烤、屠杀着殉教者们；所有历史书上记载的贪婪、漂亮、暴力的女人，比如莉布舍 [1]、卢克莱西亚·博尔贾、匈牙利的艾格尼丝、玛戈特皇后、巴伐利亚的伊莎宝、苏丹的罗可莎琳、十八世纪的沙俄皇后等，我所看到的这些女人都是穿着裘皮或者带貂皮边的长袍的。"

"这就是为什么现在裘皮能够激起你奇异幻想的的原因了。"旺达边说着边妖媚地拉了拉那高贵的裘皮大衣，光鲜亮丽的黑色貂皮在她胸前和手臂上闪闪发光，"嗯？现在你感觉怎么样？是不是已经感觉被压在车轮之下了？"

她锐利的绿眼睛盯着我，带着奇怪的嘲讽味道。我内心顿时激情澎湃，猛地冲过去跪在她面前，紧紧抱住了她。

"是的，你已经激起了我最珍贵的幻想，"我惊呼道，"它已经沉睡太久了！"

---

[1] 译者注：虚构的培密史利德王朝和所有捷克人的祖先。

"这样呢？"她将手放在我的脖子后面。

我甜蜜地陶醉在她这双温暖的小手之中，在她半闭的双眼的温柔凝视之下。

"我愿意做女人的奴隶，一个漂亮女人的奴隶，一个我所爱慕所崇拜的女人的奴隶。"

旺达大笑着打断说："一个因此而虐待你的女人。"

"是的，一个捆绑我，鞭笞我，将我踩在脚下同时又还跟别人缠绵的女人！"

"还是一个会在你被嫉妒冲昏了头而跟你的情敌会面时，把你当做礼物献给那位赢了你的对手的女人。难道不是这样的吗？最后这样一个戏剧性的场面不是更有趣吗？"

我害怕地看了旺达一眼。

"你的说法超出了我的想象。"

"当然，我们女人是善于想象创造的，"她说道，"你得当心了，当你找到你理想的情人时，很可能她对待你的方式比你想象的要来得残忍得多。"

"我想我已经找到我的理想情人了！"我雀跃道，将我滚烫的脸贴在她的膝盖上。

"不是我吧？"旺达大叫道，脱下裘皮大衣，大笑着在屋里走了起来。当我下楼的时候她还在笑，甚至当我在院子里沉思的时候，还能听到她的笑声。

"你真的希望我就是你理想情人的化身？"今天当我们

在公园里遇见的时候，旺达顽皮地问。

刚开始的时候，我不知该说什么好，我内心不同的情绪在斗争着。这时，她坐在石椅上，玩弄着手中的花。

"唉！我——我！"

我跪了下来，抓住她的手。

"我再一次恳求你成为我的妻子，我真诚忠实的妻子；如果你不愿意，那么请你做我的理想情人，没有任何条件，不用心软。"

"你知道的，如果在这一年里证实了你就是我想要找的那个男人，那么在年底的时候我就将自己交给你。"但是旺达严肃地说道，"我想如果我能为你实现内心的幻想，你将更感激我。那么，你愿意选择哪一种呢？"

"我相信我所幻想的都潜藏于你的性格之中。"

"你错了。"

"我相信，"我继续说道，"你是一个喜欢完全掌控并折磨男人的女人——"

"不，不！"她急促地喊，"或者可能——"她又迟疑了。

"我也不了解自己了，"她继续，"但是我不得不对你坦白，你污染了我的想象，让我热血沸腾。我开始喜欢你所说的事情。当你讲到蓬帕杜夫人、凯瑟琳二世，还有所有其他自私轻佻残忍的女人时的激情令我无法控制自己，它控制了我的灵魂。它催促我变成那样的女人——尽管邪恶，但是她们在有生之年受到了奴隶的崇拜，即使在死后，她们仍有神奇的魔力。"

"你想通过我成为管辖范围最小的女暴君，一个家中的蓬帕杜夫人。"

"那么——"我激动地说，"如果这些想法是你与生俱来的，那么就顺着你内心的意思去做吧。但是不要半途而废。如果你不能成为我真诚忠实的妻子，那么就做一个女魔吧。"

我在失眠之后就觉得神经紧张，与一个这么漂亮的女人这么亲密的接触令我感觉像发烧一样。我不记得我说了什么，但是记得我吻了她的脚，举起她的脚放在我的脖子上。可是她立刻就放了下来，愤怒地站了起来。

"塞弗林，如果你爱我的话，"她飞快地说，声音听起来尖锐而专横，"不要再对我说那些事情了。不要再说了，明白吗！否则，我真的——"她微笑了，再次坐下。

"我是认真的，"我解释道，感觉有点语无伦次了，"我太爱你了，我愿意忍受所有你对我的折磨，只要能让我一生都待在你的身边。"

"塞弗林，我再一次警告你。"

"你的警告对我来说没有用。你尽管对我做你想做的，只要你不将我赶走。"

"塞弗林，"旺达说道，"我是一个年轻躁动的女人，你让我完全控制你，对你是很危险的事情。在你真正成为我的玩具之后你将会停止这一切的，谁能保证我不会虐待你呢？"

"你本身存在的高贵品质。"

"权利总是会将人冲昏头的。"

"如果这样的话，"我大叫道，"就像你所想的，将我踩在脚下吧！"

旺达伸出手钩住我的脖子，深情地望着我，摇了摇头。

"恐怕我不会这么做，但为了你，我愿意试试，因为我爱你，塞弗林，而不爱其他的男人。"

今天她突然戴着帽子披着围巾来找我，要我陪她去逛街。她想买条鞭子，一条带着短把儿的长鞭，可以用来鞭打猎狗的那种长鞭。

"这样的满意吗？"店主问。

"不，这还太小了，"旺达回答，瞥了我一眼，"我需要个大的——"

"我猜是条牛头犬吧？"店主问道。

"是的，"她惊呼道，"要那种在俄罗斯可以用来抽打难管教的奴隶的。"

她继续挑，最后选好一条长鞭，见到它，我有种想逃跑的感觉。

"那再见了，塞弗林，"她说，"我还有其他东西要买，你不用陪我了。"

我离开她后自己在街上走了走。在回去的路上，我看到旺达从一家毛皮商店里走了出来，她向我招手。

"这么说吧，"她神情激动地讲，"我从来不隐瞒你那认真且富于幻想的性格有多么令我着迷。将这样认真的一个男人完全掌控在我手里，让他高兴地趴在我脚边，这种想法刺激着我，但是这样能长久吗？女人爱一个男人，她虐待她的奴隶，最后将他踢开一边。"

"可以啊，在你对我感到厌倦的时候，"我回答道，"把我踢开。我想成为你的奴隶。"

"我的身体里隐藏着危险的因素，"我们走了几步以后，旺达这么说，"你唤醒了它们，这并不利于你。你懂得如何一步步深入地描绘愉悦、残酷、傲慢的感觉。如果我试着去控制你，把你当成我的第一个实验对象，你会怎么认为呢？我想像狄奥尼修斯 [1] 一样将铁牛的发明者放在铁牛里面烤，只是为了看看他的哀号声和呻吟声是否真的与一头牛的相同。

"可能我是个女狄奥尼修斯？"

"就这么干吧，"我大叫道，"这样我的梦想就会实现了。不管好坏，我都任你选择，任你处置。隐藏在我心里的命运无情地驱使着我，让我着魔。"

---

[1] 译者注：古希腊锡腊库扎（意大利西西里岛东部一港市）的暴君。

我亲爱的：

我今天和明天不想见你，直到后天晚上为止，而从那时开始，你就成为我的奴隶。

你的主人　旺达

"成为我的奴隶"下面画了线。我又把这便条仔细读了一遍，这是我今天一大早收到的。我骑着一头上了鞍的驴到山上，它应该是动物界中教授那一级别的。我想将我的贪欲和念想丢在喀尔巴阡山脉这雄伟的景色里。我回去了，又累又饿又渴，比之前的任何时候都更想谈恋爱了，我飞快地换好衣服，过了一会儿，我便去敲她的门。

"进来！"

我走了进去，她正站在房间中间位置，穿着一件白色亮布做成的袍子，看上去像是光洒在身上；外面套了一件带着貂皮边的猩红色外套；扑了粉的雪白的头发上戴着镶满钻石的皇冠；她站在那儿，双臂交叉，放于胸前，眉头紧锁着。

"旺达！"我激动地跑向她，想拥抱她，亲吻她。她退了一步，从头到脚打量我。

"奴隶！"

"我的主人！"我跪下了，亲吻着她长袍的花边。

"就该是这样子的。"

“噢！你多么美丽啊！”

“这样的我令你高兴吗？”她走到镜子前，骄傲满意地看着镜子里的自己。

“我几乎要疯了！”她的下唇讽刺般抽动了一下，半闭着眼睛嘲弄地瞟了我一眼。

“把鞭子给我。”

我环视了一下房间。

“不许动！”她疾呼道，“就在那儿跪着。”她走到壁炉边，从架子上取下鞭子，笑着看着我，挥着鞭子发出嘶嘶的声音，然后她慢慢地卷起貂皮边外套的袖子。

“你真是不可思议的女人！”我惊呼。

“安静，你这奴隶！”她突然沉下脸，凶狠地看着我，用鞭子抽打我。过了一会儿，她又温柔地抱住我，同情地靠近我，半害羞半胆怯地问我：“我伤着你了吗？”

“没有，”我回答道，“即使有，这来自你的伤痛也是种享受。如果你喜欢这样，那就继续打我吧！”

“但我并没有觉得快乐。”

我像中毒般再次陶醉其中。

“鞭打我吧，”我央求道，“狠狠地鞭打我。”

旺达挥起鞭子，又打了我两下：“现在满意了吗？”

“还没。”

“真的还没？”

"我求求你，鞭打我吧，这对我来说是种享受。"

"好吧，因为你知道我不是认真的，"她回答，"因为我不想伤害你。这种野蛮的游戏与我的性格不合。如果我真是那种喜欢鞭打奴隶的女人，你早该害怕了。"

"不是的，旺达，"我回答，"我爱你胜过我自己，我愿意将我的全部都交给你，包括生死。我很严肃地告诉你，你可以对我做任何你想做的事，所有随性的事。"

"塞弗林！"

"将我踩在脚下！"我大叫，趴在她的脚边，脸贴着地。

"我讨厌这些表演。"旺达不耐烦地说。

"那么，就狠狠虐待我吧。"

突然一阵寂静。

"塞弗林，我最后一次警告你。"旺达先开口。

"如果你爱我的话，就残忍地对待我吧。"我双眼望着她，恳求她。

"如果我爱你——"旺达重复道，"那么，好吧！"她走了几步，苦笑着看着我，"那么，做我的奴隶吧，让你知道掉进一个女人手中的滋味。"她边说着边踢了我一脚。

"这样做你喜欢吗，我的奴隶？"

然后她不断挥动着鞭子。

"起来！"

我乖乖地站了起来。

"不是这样，"她命令道，"跪着！"

我照做了，她开始用鞭子打我。

鞭子急促有力地落在我的背上和手臂上。每一下都渗进肉里，感觉火辣辣的，但是这种痛楚令我狂喜。因为是我所爱的人在鞭打我，我任何时候都愿意被她鞭打。

她停了下来。"我开始享受这种感觉了，"她说，"今天就到此为止。我开始好奇，很想看看你的承受力到底有多大。看到你在我的鞭子下发抖翻滚，听见你的惨叫声和哀号声让我获得了一种残酷的享受。我想一直鞭打你直到你跪着求饶，直到你晕死过去。你已经唤醒我体内危险的元素了。现在，起来吧。"

我抓住她的手，亲了一下。

"冒失鬼！"

她用脚推开我。

"滚出去，你这奴隶！"

做了一夜紧张而又兴奋的梦后，我醒了。这时，天才刚刚亮。

盘旋在我脑海里的那些事是真的吗？是真的经历过还是在做梦？可以肯定的是我被鞭打过。因为我还能感觉被打的每一下，还能数出身上每一处红红的灼热的伤痕。她确实鞭打了我。现在我想起所有事情来了。

我的梦想变成现实了。我现在感觉怎样？当梦想实现的时候，我感到失望了吗？

不，我只是有点累，但她的残酷令我狂喜。噢！我多么爱她，崇拜她！没有什么言语能表达我对她的感情，我全心全意地爱着她！我多么高兴能成为她的奴隶啊！

她从阳台上喊我。我飞快地跑上楼。她正站在门边上，友好地伸出手。"我感到羞愧。"她说，这时候我抱住她，她将头埋在我怀里。

"为什么？"

"忘了昨天那些丑陋的场面吧，"她颤抖着说道，"我已经满足了你那疯狂的想法，现在开始，让我们理智、快乐起来，好好地爱对方，在这一年里，我将做你的妻子。"

"我的主人！"我大叫，"我是你的奴隶！"

"不许再提有关奴隶、残酷，或者鞭子之类的词语了，"旺达打断我，"我不想再为你做那些事了，除了穿上我的裘皮外套，过来帮我穿上。"

装饰着拿弓箭的丘比特的青铜色小挂钟，这时正好走到了十二点的位置。

我站起身想离开。

旺达什么也没说，只是抱住我，将我带到后面的沙发上。她开始亲吻我，这无声的语言是如此让人能够了解，让人信服——而它所传递的信息比我所领悟到的还要多。

旺达浑身弥漫着一种恣意的放纵。她半闭的眼神里，那白粉下的红色瀑布般的头发，那沙沙作响的红白相间的丝绸长袍，她无心地抓着的那带貂皮边的外套，这些都渗透着她那撩人的温柔。

"请允许我——"我结结巴巴，"但是我说了你肯定会生气的。"

"你想说什么就说吧。"她低声说道。

"那好吧，我求你鞭打我吧，要不我就要疯了。"

"我不是禁止你说这样的话了吗？"旺达严厉地说，"你真是无药可救。"

"是的，我真的是爱你爱到无药可救了。"我跪在她面前，将脸贴到她的膝盖上。

"我相信，"旺达沉思着，"你这些疯狂的举动都是因为你野蛮残酷且不肯满足的贪欲。这种不正常的生活方式肯定会让我们都得病的。如果你少一些疯狂的幻想，那么你的神志肯定就正常了。"

"那样的话，让我变正常吧。"我咕哝一句。我的手穿过她的秀发，颤抖着摆弄着那闪闪发光的裘皮大衣，那裘皮大衣随着她的胸脯上下起伏，仿佛月光下的波浪一样，令我神志不清，不知所措。

我亲吻着她，不，应该是她狂野而无情地亲吻着我，好像想用吻杀死我似的。我有点精神混乱，丧失神志了。现在，我还有点喘不过气来，我试着解救自己。

"怎么了？"旺达问。

"我现在很难受。"

"你很难受——"她突然间大笑起来。

"你还笑！"我悲叹道，"你难道不知道——"

她突然变得严肃。她用手托着我的头，将我的头猛地靠向她胸前。

"旺达——"我又开始口吃。

"当然了，你在享受着这样的难受，"她说完又笑了起来，"但是你等等，我会让你清醒起来。"

"不，我不会再问——"我惊呼，"是否你会永远属于我或是只在沉醉的这会儿属于我这样的问题了。我希望我能享受快乐。你现在是我的了，失去你总好过从来没有拥有过你。"

"你现在倒是很明智。"她说完，再次用那能杀死人的双唇亲吻我。我撕开她的貂皮外套和蕾丝胸罩，她丰满的胸脯便赤裸裸地展现在我眼前。

然后，我便失去了知觉——

我记起来的第一件事是当我看到血从我的手上流下来时，我冷淡地问她："你挠了我吗？"

"不，我想，我是鞭打了你。"

人生真是奇怪，当一个新的面孔介入的时候，人与人之间的关系就变了。

我们在一起度过了许多美好的时光。我们一起爬山，一起游湖，一起看书。我还将旺达的画像画好了。我们彼此互相爱恋，她微笑着的脸庞是多么的迷人！

然后有一天，她的一个朋友来了，是个离了婚的女人。那个人要比旺达看起来更老一些，更有经验，但是没有旺达谨慎。她在各个方面上都影响着我们。

旺达皱着眉头，表现出对我的不耐烦。

难道她不再爱我了？

这种令人无法忍受的自我克制在我们之间持续了将近两周。在这期间，她的朋友每天和她待在一起，我们没有机会单独相处。还有一群男士也围绕着她们。而我的严肃与忧郁，使我在这之中扮演着一个荒唐的爱人的角色。旺达像对待陌生人一样对待我。

今天，当我外出散步时，她跟在了我后面。当我看到她是故意跟着我的时候，我高兴极了。她会跟我说些什么呢？

"我的朋友不理解我有多么爱你。她认为你既不英俊也没有特别吸引人之处。从早到晚她都在给我灌输城市里轻佻生活的魅力，告诉我我有哪些优势，在那里我能参加很多派对，我会有很多年轻出众的爱慕者。但说这些又有什么用呢，我爱的人是你。"

在那一刻，我忘记了呼吸，说道："我不想阻挡你的幸福之路，旺达。请不用考虑我的感受。"然后我脱下帽子，做了一个让她先行的手势。她惊讶地看着我，但也没有再说什么。

当我在回去的路上又无意中碰到她的时候，她悄悄地拉住我的手。她的眼神看上去那么光彩四射，充满着幸福。在那一刻，我忘却了这些天来所受的折磨，所有的伤在这一刻也全都治愈了。

我现在意识到我有多么爱她了。

"我的朋友在抱怨你。"旺达今天对我说。

"可能她觉得我轻视她。"

"但为什么你要轻视她呢，你这个年轻的傻瓜？"旺达大叫，两手揪着我的耳朵。

"因为她很虚伪，"我说，"我只敬重那些真的有美德的女子或者能坦言自己活着就是为了快乐的女子。"

"比如像我吗，"旺达像是开玩笑地说，"但你要知道，小鬼，很少有女人这么做的。女人不像男人或者讲求感官上的愉悦，或者追求精神上的自由；她的状态是将感官与物质混合在一起的。她心里的渴望是永远地将男人迷住，然而她自己却想移情别恋。这本身就是矛盾的。因此，她经常会违背自己的意愿，谎言与欺骗逐渐渗入到她的行为与性格中，最终毁了她的个性。"

"你说得对，"我说，"女人想要掌控爱情的个性导致了她习惯于欺骗。"

"但是这同时也是这个世界所导致的，"旺达打断了我，"看看这么个女人吧。她在莱姆堡同时拥有丈夫和情人，现在这里还有一个新的爱慕者。她同时骗了这三个人，然而她还是受了他们三个的尊敬和崇拜。"

"我不管这些，"我大叫，"她是要孤立你，她对待你像对待一件商品一样。"

"为什么不呢？"这个漂亮的女人开心地打断我，"每个女人都有从自身的魅力获利的天性和欲望，我也听说有很多人都跟自己不爱不喜欢的人生活在一起，因为当女人冷酷无情地这么做时，可以从中获取最大的利益。"

"旺达，你在说什么呢？"

"为什么不能这么说？"她说，"请注意我刚刚跟你讲过的这些。永远都不要认为你所爱的女人是可靠的，因为女人天性中所隐藏的比你能想象的还要危险。女人既不像她的爱慕者所想象的那么好，也不像她的敌人所认为的那么坏。女人的特色就是没有特点。最好的女人偶尔也会泥足深陷，而最坏的女人也会出人意料地做些好事，让那些瞧不起她的人羞愧。没有一个女人是绝对的好或绝对的坏，但是在某一时刻她可以做到最狠毒也可以做到最神圣，她的思想、感情和行为既可以最下流也可以最纯洁。尽管文明在进步，可是女人还是保持着上帝刚把她造出来时的那个样子。她保持着野蛮人的天性，时而忠诚，时而不忠，时而宽容，时而冷酷，这取决于那一刻是什么样的念头在驱使着她。纵观历史，道德已经是长期形成的一种深刻严肃的文化。男人们不管是自私的，还是邪恶的，总是还要遵循这些原则，而女人从来都不遵守这些，而只凭内心的冲动。不要忘记我说过的，永远不要认为你所爱的人是安全可靠的。"

她的朋友走了。终于有一个晚上能与她单独相处了。她仿佛在之前收藏起的所有的爱，在这个美好的晚上都释放出来。她是那么善良，那么亲切，那么温柔。

能够亲吻着她，能够在她怀里死去，那该是多幸福的事啊！她放松地将头靠在我的胸前，感觉这时的她完全属于我，我们彼此凝视着，沉醉在其中。

我还是不能相信这个女人就是我的，完全属于我的。

"她说对了一件事。"旺达开口了，一动不动，也没睁开眼睛，仿佛是睡着了一样。

"谁？"

她没回答。

"你朋友吗？"

她点头："是的。她说你不能算是个男人。你是个梦想家，一个迷人的爱慕者。当然你可以是一个无价的奴隶，但是不能是我的丈夫。"

我惊呆了。

"怎么回事？你在发抖？"

"我一想到很可能失去你就感到害怕、颤抖。"我回答道。

"你就因为这个不高兴？"她说，"如果你知道在你之前我属于其他的男人，而在你之后我还会属于其他的男人，你是否会觉得不高兴了呢？如果另一个男人同时也像你现在这么开心，你是不是就不高兴了呢？"

"旺达！"

"你看，"她不顾我的制止，继续讲下去，"那么只有一个办法。你不想失去我。而我也深深喜欢你，在精神层面上，我们那么和谐。我喜欢和你就这么一直生活下去，除非我有可能——"

"太棒了！"我兴奋得欢呼道，"你刚刚吓到我了。"

"那你是不是不那么爱我了呢？"

"恰恰相反。"

旺达用左手撑起身体。"我相信，"她说道，"如果要永远抓住一个男人的心，那么至关重要的一点就是，她必须对他不忠诚。有哪一个忠诚的女子像赫泰拉[1]那般受人爱恋。"

---

[1] 译者注：古希腊的高级妓女。

"自己钟爱的女人对自己不忠是多么痛苦的刺激啊。这也是最高境界的奢侈刺激。"

"对你呢？也这样吗？"旺达顺势问道。

"对我也是这样啊。"

"那如果我也给你那样的刺激呢？"旺达嘲笑地说道。

"我将受着可怕的痛苦，但也将更爱慕你，"我回答道，"但是你不能欺骗我，你必须如恶魔般对我坦白：尽管我只爱你一个，但是我必须让那些使我快乐的人也感到开心。"

旺达摇摇头："我不喜欢欺骗。我是个诚实的人，但是什么样的男人才能经受得起这些事实呢？如果我对你说：这种肉欲的生活，异教徒的生活才是我想要的生活，你有这样的承受能力吗？"

"当然。只要不失去你我可以忍受任何事情。我知道我对你来说有多么的渺小。"

"但是，塞弗林——"

"但事实如此，"我接着说，"这就是为什么——"

"为什么你愿意——"她淘气地笑着，"我猜对了吗？"

"喜欢做你的奴隶！"我叫道，"变成你无限制的财产，没有自己的意愿，你可以根据你的意愿任意处置，永远不会成为你的负担。当你享受充实的生活时，当你过着奢华的日子时，当你享受平静的幸福时，我的奥林匹亚女神，我想成为你的仆人，为你穿鞋为你脱鞋。"

“你的脑子没有完全不好啊，”旺达回应，“做我的奴隶的话，你能忍受我爱上其他人吗？在古代的世界里，如果没有奴隶，就无法想象如何享受自由。当看到一个男人跪着发抖时会给人一种成为女神的感觉。我想要有个奴隶，你听到了吗，塞弗林？”

“难道我不是你的奴隶吗？”

“那么，现在听我说，”旺达抓着我的手激动地说，“只要我爱你，我想成为你一个人的。”

“一个月吗？”

“可能吧，甚至两个月。”

“然后呢？”

“然后你就变成我的奴隶。”

“那么你呢？”

“我？为什么这么问。我就是女神，有时候，我会轻轻地，悄悄地从我的奥林匹亚山上下凡看你。”

“但这意味着什么呢？”旺达说，用双手支撑着她的头，陷入了沉思，“金色的幻想从来都不会实现的。”一种始料未及的沉思的忧郁笼罩了她，我从来都没见过她这样。

“为什么不会实现呢？”我开始发问。

“因为奴隶制已经不复存在了。”

“那我们就到一个存在奴隶制的国家去，去东方，去土耳其。"我急切地说。

"塞弗林，你是认真的吗？"旺达回答道，眼神里像是燃烧了似的。

"是的，我是很认真的，我想成为你的奴隶。"我接着说下去，"我希望你统治我的权利能得到神圣法律的保护。我想将生命交托给你。我不用去想从你手中保护自己或者解救自己。我整个人都被控制在你的意愿，你的幻想中，以及你的招手和叫唤中，这该是多么令人沉醉的美事啊！若有时你对我仁慈，允许我亲吻你的双唇，这对我来说是莫大的幸福啊。"我跪了下去，将滚烫的前额贴近她的膝盖。

"你好像在发烧一样说胡话，"旺达激动地说，"你真的爱我？永永远远都爱我？"她将我搂在怀里，亲吻着我。

"你真的想这样吗？"

"现在我以上帝和我的名誉向你发誓，无论何时何地，只要你想，只要你给我命令，我就愿意成为你的奴隶。"我叫喊道，几乎无法控制自己的情绪。

"那如果我将你从你的世界中带走呢？"旺达说道。

"那就将我带走吧！"

"你说的这些都吸引着我，"她说，"它与所有其他的事情不同——找到一个崇拜我也是我全身心爱的男人，他完全属于我，完全听从我的意愿还有我任性时作出的任何决定，他是我的财产，是我的奴隶，然而我——"

她停了下来，奇怪地看着我。

"如果我变得非常轻薄，那这都是你的过错，"她接下去说，"我差不多相信你已经害怕我了，但你还是得宣誓。"

"我会遵守我的誓言的。"

"我会等着看的，"她回应着，"我开始享受这种感觉，上帝保佑，这不只是幻想了。你变成了我的奴隶，而我——我试着成为'穿裘皮大衣的维纳斯'。"

我本来以为很了解这个女人，但现在我想我必须重新认识她。在不久前，对于我的幻想，她是特别反对的，但是现在她又如此严肃地执行这件事。

她起草了一份合同，合同里声明我以我的荣誉发誓并同意只要她愿意，我就是她的奴隶。

她的手绕过我的脖子，念着这绝无仅有的令人难以置信的合同给我听。每一句话结尾时她都以吻为标点。

"但是这合同的所有义务好像都是我的。"我揶揄她。

"那当然，"她无比认真地回答，"你不再是我的情人，相应地，我对你所有的义务和职责也就没有了。你将不得不将我的善意看做是完全的仁慈。你不再有任何权利，不能够再对我抱怨任何东西。我对你的控制是没有限制的。记住，你不过是像一条狗或是其他没有生命的东西一样。你是属于我的，一件我可以任意打碎的玩具，只要我想获得一小时这样的娱乐。你什么也不是，我是你的主宰，你明白了吗？"她大笑着又亲了我一下，然而我却感觉有一股寒意凉遍全身。

"难道你不许我有一些条件吗？"我开口。

"条件？"她皱了皱眉头，"啊哈！你已经开始害怕了，或者可能后悔了，但现在已经太迟了。你已经发过誓了，用你的名誉担保了。但我还是想听听你的意见。"

"首先，你得将'你永远不会离开我'这句话写入合同中，然后你不能将我送给你其他的爱慕者。"

"但是，塞弗林，"旺达叫道，她的声音里充满了哀愁，泪含在眼里，"你怎么能这么想呢，这个世界上真的还会有一个男人像你这么爱我，愿意将自己完全交给我？"她戛然停止了。

"不，不！"我亲吻着她的手，说道，"我不担心你会这么羞辱我。请原谅我如此可怕的想法。"

旺达开心地笑了，脸颊斜靠着我，似乎又开始沉思。

"你好像漏了些事，"她调情似地小声对我说，"最重要的事！"

"一个条件？"

"是的，那就是我必须得一直穿着裘皮大衣，"旺达叫道，"但是我向你保证不管怎样我都会照做的，因为裘皮给我一种暴虐专横的感觉。而且我会非常残酷地对你，你明白吗？"

"我该签合同了吗？"我问道。

"还不行，"旺达说，"我还要将你的条件加上去。并且签字必须在适当的时间和地点。"

"得在君士坦丁堡吗？"

"不，这个我还得想一想。在一个人人都可以拥有奴隶的地方拥有着奴隶能有什么特殊的意义呢！我希望在这个文明的冷静的世俗的世界中，只有我一个人拥有奴隶，一个奴隶由于我的美貌与个性而非因为法律、权利或者暴力的缘故而自愿臣服于我。这一点着实吸引我。但至少我们该去一个没有人认识我们的地方，这样你以一个仆人的身份出现也不会引起什么尴尬的气氛。可能会去意大利吧，罗马或者那不勒斯。"

我们坐在旺达的沙发上。她穿着那件貂皮外套，头发松散着，感觉像是狮子的鬃毛散落在背上。她的嘴唇与我的嘴唇紧紧纠缠着，仿佛将我的灵魂从身体中带出。我的头开始发晕，血液开始沸腾，心怦怦地跳。

"旺达，我想要完全在你的控制之下，"我突然叫出来，我已经被这狂躁的气氛给影响，无法再想任何事情，作出清醒的决定，"我完全无条件地将自己交托给你，无论好坏，对你的权利没有任何的条件限制。"

说到这里，我从沙发上滑落到她的脚边，陶醉地仰望着她。

"你现在多么的英俊啊！"她惊呼，"你的眼睛半睁，神情沉醉，令我愉悦，令我兴奋。如果你现在被鞭笞而死，那你的眼神里也是充满了幸福。你有着一双殉教者似的眼睛。"

然而有时候，对于将自己毫无条件，毫无保留地交托到一个女人的手上令我有一种不安的感觉。万一她侮辱我的感情，滥用她的权利呢？

我瞎担心什么呀！接下来我将经历一场自孩童时代以来一直幻想的生活，这种生活将给我带来诱人的恐惧感。这只是她和我玩的一场游戏罢了，没有别的意思了。她那么爱我，那么善良，那么高贵，不可能会失信于我。但是这一切取决于她，她想怎么做就可以怎么做。这是一个令人疑虑与担忧的诱惑呀！

现在我开始理解曼侬·莱斯戈和那个可怜的骑士了，即使他带着枷锁，即使曼侬已经是另外一个男人的主人了，他还是爱恋着她。

爱是没有美德，没有利益可言的；有爱就能原谅一切难以原谅之事，能忍受一切难以忍受之事，因为爱使之如此。然而并不是我们的评判能力令我们去爱的，也不是我们的优点或者缺点令我们背离自己的意愿，排斥自己的想法的。

是一股甜蜜的柔软的神秘的能量驱使着我们，令我们不再去思考，不再有感觉，不再有希望。我们放任自己随之而去，从不问询将去何方。

今天这儿来了位俄国王子在散步。他那如运动员般的体格，英俊的脸庞，还有那风度翩翩的举止，引起了一阵骚动。特别是女人们，她们盯着他，仿佛他是头野兽似的。但是他忧郁地走着，并未注意到其他人。他有两个随从，一个是穿着红色绸缎衣服的黑人，另一个是穿着制服的切尔克斯人。忽然间，他看到了旺达，他用冰冷刺骨的眼神盯着她，头转向旺达；甚至在旺达走过后，他还站在那里一动不动，目光仍然追随着旺达。

而她——她确实用她那双撩人心弦的绿眼睛吞噬了他——并且竭尽所能地希望再见他一面。

她卖弄风情走路的样子，她看他的媚人眼神几乎令我窒息。在回去的路上，我说起这事，她皱起眉头。

"你想说什么，"她说，"这位王子就是我喜欢的人，他令我着迷，我是自由身，我可以做任何我喜欢的事情——"

"难道——你不再爱我了——"我胆怯了，结结巴巴地说。

"我是只爱你一个，"她回答，"但是我要让王子来讨好我追求我。"

"旺达！"

"你难道不是我的奴隶吗？"她冷静地说，"难道我不是维纳斯，穿着裘皮、冷酷无情的北方维纳斯吗？"

我沉默了。我被她的言语给吓呆了，她冷酷无情的样子就像是在我心上插了把匕首。

"你必须马上给我弄到那个王子的姓名、住址和他的情况。"她继续命令道，"你明白了吗？"

"但是——"

"不许和我讨价还价，只有服从！"旺达喊道，比我曾想到的还要更严厉，"没有拿到这些就不用来见我了。"

直到下午我才弄到旺达想要的那些信息。她让我像仆人一样在她跟前站着，而她舒舒服服地靠在椅子上，微笑着听我的汇报，然后她满意地点点头。

"把我的脚凳拿过来。"她命令道。

我顺从地将脚凳拿过来放在她面前，跪着将她的脚扶起放在脚凳上，在此之后，我仍然跪在地上。

"这一切该怎么结束？"一阵短暂的沉默之后，我开口了，哀伤地问她。

她嘲弄般地大笑起来："为什么要结束呢，一切都还没开始呢。"

"你比我想象的还要更无情。"我感觉受伤了，这么回应她。

"塞弗林，"旺达认真地说，"我现在还没做什么事呢，哪怕是一丁点的事，你就已经这样说我无情了。那如果我开始将你的幻想变成现实，当我过着快乐自由的生活，拥有一群我的仰慕者的时候，当我真的成为你的理想情人，把你踩在脚下，鞭打你的时候，你会怎么样呢？"

"你把我的幻想看得太重了。"

"太重了？一旦我开始了，就无法借故停下来，"她回答道，"你知道的，我厌恶这样的游戏，这样的闹剧。而你喜欢这一套。这到底是我的主意还是你的？是我唆使你这样还是你激发了我的想象呢？现在，我对这些事认真了。"

"旺达，"我安抚她，"你听我说。我们彼此深爱对方，我们在一起是幸福的。你愿意让这一时的兴致毁了我们整个未来吗？"

"这不仅仅是一时的兴致。"她大叫。

"那是什么？"我害怕地问她。

"是隐藏在我内心的某种东西，"她平静地说，像是经过沉思的，"如果不是你唤醒了它，让它滋长，也许它永远都不会显露出来。既然它已经变成了一种强大的力量，充满了我身上的每一个角落，既然我现在这么享受着它，既然我不能够也不想去控制它，而你现在却想将它收回——你——你还是个男人吗？"

"亲爱的旺达，我的甜心宝贝！"我开始安抚她，亲吻她。

"走开！你真不是个男人——"

"那你呢？"我也火了。

"我固执，"她说，"你是知道的。我没有那么强大的想象能力。和你一样，在执行的时候我通常会犹豫。但是当我下定决心要做的时候，我就一定要执行到底，尽管越这么肯定的时候，我遇到的阻力就越多。让我一个人待一会儿！"

她把我推开，站了起来。

"旺达！"我也站了起来，正对着她。

"现在你知道我是怎么样的了，"她接着往下说，"我再次警告你。你还有选择的机会。我可不想强迫你做我的奴隶。"

"旺达，"我情绪很激动，眼里含着泪，"难道你不知道我有多爱你吗？"

她傲慢地撇了撇嘴。

"你正在犯错误，你让自己变得比原本要恶劣，你天生是善良高贵——"

"我的天性你了解多少？"她激动地打断我，"你马上就能知道我是什么样的。"

"旺达！"

"作个决定吧，你愿意无条件地服从我吗？"

"如果我说不呢？"

"那么——"

她向我走来，冷冷地鄙视地站到我面前，双臂交叉在胸前，嘴上露出邪恶的笑容。她真的是我幻想中的专横的女人。她的言语听上去那么的冷酷无情，眼睛里看不到一丝的善良或者怜悯。

"好吧——"她最后开口了。

"你生气了，"我嚷道，"你要惩罚我。"

"噢！不！"她回答道，"我要让你走。你自由了。我不要你了。"

"旺达——我，我这么爱你——"

"的确，亲爱的先生，你爱慕我，"她轻蔑地说，"但是，你是个懦夫，骗子，不能信守诺言的人。马上给我滚——"

"旺达，我——"

"可怜虫！"

血涌上我心头。我跪在她的脚边，哭了起来。

"又是眼泪！"她大笑起来，噢，这笑声令人颤抖，"滚开！我不想再看见你。"

"哦，我的天啊！"我忍不住大哭起来，"我愿意做你吩咐的任何事情，做你的奴隶，做一件纯粹属于你，任你处置的物品——只是不要赶我走——我不能没有你——没有你，我根本活不下去。"我紧紧地抱着她的膝盖，亲吻着她的手。

"是的，你必须是我的奴隶，受到鞭打，因为你不能算个男人。"她冷静地说，她说这话的神情出奇的平静，既不生气也没有兴奋。这才是最伤人的，"现在我了解你了。你就像狗一样，被谁踢了，就崇拜谁。被踢得越厉害，你越崇拜。

我算是了解你了，而且你马上也会了解我的。"

她来来回回地大步走着，我仍然跪在地上，低垂着头，眼泪不断地流下来。

"过来！"旺达坐在沙发上，冷酷地命令道。我顺从了，坐到了她旁边。她阴沉着脸，看着我，然后突然间她眼里闪过一道光，她笑了，把我拉到她胸前，吻去我脸上的泪。

我现在的处境奇怪得就像是茉莉花园里的狗熊一样。我可以逃走但是我不愿意；她一威胁要我离开，我便只能忍受这所有一切。

如果她能再用鞭子打我就好了，她现在对我这么好令我感到不可思议。我就像是只被俘虏的小老鼠，一只美丽的猫在轻而易举地玩弄着我，她随时可能将我撕成碎片。我那老鼠般的心吓得怦怦跳。

她的目的是什么呢？她这么对我有什么意图呢？

她好像完全将合同，将我们的主仆关系给忘记了。难道说这只是个闹剧？难道当我不再反抗她，完全服从她的时候，她却放弃了整个计划？

现在她对我多么好，多么温柔，她多么爱我啊！我们在一起度过了几天美妙的时光。

今天她让我给她念《浮士德》中浮士德与化成一个云游书生的恶魔墨菲斯托菲里斯之间的故事。她瞥了我一眼，还带着奇怪的笑容。

"我不明白，"当我念完的时候，她问道，"一个能将如此伟大美妙的作品这么清楚简洁明朗地读出来的人，怎么能像你一样是个不切实际超越感觉的笨蛋呢。"

"你是否满足了呢？"我亲吻着她的前额，说道。

她轻轻地敲了我的额头。"我爱你，塞弗林，"她轻声说道，"我相信我不会像爱你一样再爱上别人了。让我们清醒点。你说呢？"

我没有回答，而是紧紧地抱住她，一阵从内心深处里涌出的带着点酸楚的幸福充满了我的胸膛，我的眼眶湿润了，眼泪滴在了她的手上。

"你怎么哭了！"她叫道，"你真像是个孩子！"

一次驾车出游，我们遇见了那位俄国王子，他正坐在马车上。他惊讶地发现我坐在旺达身边，觉得很不开心。他仿佛想用他那双灰色的电眼勾住旺达。但是，旺达看上去好像一点也不在意他。在那一刻，我真想跪在她面前亲吻她的脚。她冷冷地看了他一眼就转向我优雅地对我笑了，仿佛他只是件无生命的东西，比如一棵树。

晚上我与她道别的时候，她突然看上去有些不可名状的心烦意乱，情绪低落。她怎么了？

"我很难过你要走了。"当我站在门槛边上的时候她说。

"你完全可以缩短对我的考验期，停止对我的折磨——"我请求道。"你难道不知道这对我也是一种折磨吗？"旺达打断我。

"那么，结束它，"我抱住她，大声对她说，"做我的妻子吧！"

"永远不可能，塞弗林！"她轻轻地说，但语气很坚定。

"你这是什么意思？"

我内心深处涌上一阵恐慌。

"你不是我要的男人。"

我望着她，搂在她腰上的手慢慢松开了，然后我离开了屋子，而她——她也没有再叫住我。

这是一个不眠之夜，我作了无数的决定，又将它们都推翻了。早晨的时候，我写了一封信给她，宣告我们的关系就此结束。当我封信的时候，我的手一直在颤抖以至于手指被烫伤了。

当我上楼将这封信交给她的女仆的时候，我感觉膝盖都快软下去了。

门开了，旺达探出头，她头上还满是卷发夹子。

"我的头发还没弄好呢，"她笑着说道，"那是什么？"

"一封信——"

"给我的？"

我点了点头。

"哈！你是不是想和我断绝关系？"她嘲讽地说道。

"你昨天不是告诉我，我不是你想要的男人吗？"

"我现在还可以再重复一遍。"

"那么，好吧，就这样吧。"我浑身都在发抖，说不出话来，把信递给她。

"你自己拿着，"她一边说着，一边冷冷地打量着我，"你忘记了一个问题，不管你适不适合做我的男人，毫无疑问的是，你可以做我的奴隶。"

"女士！"我惊骇地叫出来。

"是的，今后你可以这么叫我，"旺达很是轻蔑地向后甩了甩头，这么回应我，"在二十四小时之内将你自己的事情处理好。后天我要去意大利，你作为我的仆人跟我一起去。"

"旺达——"

"我不准你再对我有任何亲密的行为，"她打断我的话，"如果我没有叫你或者摇铃的话，你就不允许进来，我允许你讲话的时候你才能讲。从现在开始你的名字不再是塞弗林，而是'格列高'。"

我气得发抖，但是不幸的是，我无法拒绝，我感觉到内心里奇异的欢喜和兴奋。

　　"但是，夫人，我必须说明一下我现在的处境，"我迷茫地说，"我现在还得靠我父亲生活，我担心他是否会给我这么一大笔钱去旅游——"

　　"那就是说，你没有钱了，格列高，"旺达高兴地说道，"那就更好了，那么你就得更加依靠我了，成为我真正的奴隶了。"

　　"你难道不考虑一下，"我试着反对她，"一个男人的名誉，我不可能——"

　　"我确实已经考虑了，"她用一种几乎是命令的口气回答道，"为了保住一个男人的名誉，你必须信守你的诺言，你承诺过跟着我做我的奴隶，无论我在哪里，给你下什么命令，你都要遵守。现在你可以走了，格列高！"

　　我转身向门口走去。

　　"等等——你可以先亲亲我的手。"她傲慢冷淡地将手伸给我。而我——我这个懦夫，我这头蠢驴，可怜的奴隶，在她的手上轻轻地一吻，我的嘴唇干干的却又带着兴奋的灼热。

　　她优雅地点了点头。然后才放我走了。

　　直到深夜，我的灯还亮着，那绿色的大火炉里的火还烧得旺旺的。我还有许多信件和文件需要处理。像往年一样，秋天在这个时候已经降临了。

　　突然，她用鞭子柄敲打我的窗户。

我打开窗，看见她站在外面，穿着那件貂皮边的外套，戴着一顶凯瑟琳大帝喜欢的那种哥萨克高圆帽。

"你准备好了吗，格列高？"她阴沉着问。

"还没有，我的主人。"我回答道。

"我喜欢这个叫法，"她接着说，"你以后都得叫我'我的主人'，明白吗？我们明早九点从这里出发。一直到市中心，你都是我的伙伴和朋友，但当我们上了火车——长途列车，你就是我的奴隶，我的仆人。现在把窗户关上，打开门。"

我遵照她说的做了，她走了进来，皱起眉头，挖苦地问我："说说，你是怎么喜欢我的。"

"旺达，你——"

"谁允许你这么叫我的？"她用鞭子抽了我一下。

"你非常漂亮，我的主人。"

旺达笑了，坐在扶手椅上："跪下，跪在这椅子旁。"

我照做了。

"亲我的手。"

我握起她冰冷的小手，亲吻它。

"亲我的嘴——"

我心潮澎湃，伸出手紧紧抱住这个漂亮冷酷的女人，热情地亲吻着她的脸、手臂和胸脯。她一样热情地回应我，半闭着眼睛，仿佛在梦里一般。她离开的时候已经过了午夜了。

早晨九点，正如她吩咐的，旅行前的准备都做好了。我们坐进一辆舒适的马车，离开了喀尔巴阡山健康度假区。我人生中最有趣的一场戏已经开始上演、发展，而谁也无法预料最后的结局。

　　迄今为止，所有事情都进行得很顺利。我坐在旺达身边，她优雅，充满智慧地与我聊天，就好像同一个好朋友聊天一样。我们聊到意大利，聊到皮谢姆斯基的新出版的小说，聊瓦格纳的音乐。她穿着亚马孙式的旅行装：黑色的连衣裙，套上一件同样材质还带着黑色毛皮的短外套。这套衣服很合身，显出她凹凸有致的身材。外面还披着一件黑色裘皮大衣。她的头发盘成古典样式的发髻，发髻垂在挂着黑色面纱的黑色毛皮帽子下方。旺达今天兴致非常好，她喂我糖吃；玩弄我的头发；解开我脖子上的领结，做了一个很漂亮的装饰帽子的徽章；用她的裘皮盖住我的膝盖，偷偷地捏我的手指头。当我们的那个犹太车夫开始不断打盹儿的时候，她甚至亲了我一下，她冰冷的双唇，带着秋天刚盛开的玫瑰般新鲜的带霜的香气，花蕊单独开在杆茎与黄色叶子之间，花萼上还挂着今年第一场冰霜的露珠，像是小宝石一样。

　　我们到了市中心，在火车站下了马车。旺达将她的裘皮大衣脱下，扔到我的手臂上来，然后走去买车票。

　　当她买完票回来的时候，就完全变样了。

觉，我只能和那些波兰农民、犹太小贩和士兵们一起呼吸着充满洋葱味道的空气。

当我爬上她的车厢的时候，她舒服地躺在垫子上，穿着舒适的裘皮大衣，盖着兽皮。看上去就像是个东方暴君，那些仰慕者像印度神祇一样，笔直地靠坐在墙边，几乎不敢呼吸。

她在维也纳做一天的停留，逛街买东西，特别是买一些奢华的衣服。她对我还是像仆人一样。我距离她有十步之远，以表示对她的尊敬。她将大包小包都丢给我，可连瞧都不瞧我一眼。我就像是载满货物的驴子一样，气喘吁吁地跟在她后面。

在离开维也纳之前，她将我所有的衣服给了旅馆的侍者。我被要求穿上她的制服。这是一件与她衣服同颜色的克拉科人服饰，浅蓝色的衣服上有红色的边，红色方形的帽子上还插着孔雀羽毛。这件制服对我来说真是太合身了。

我有了种被出售或者说将自己抵押给了邪恶魔鬼的感觉。我那漂亮的魔鬼将我从维也纳领到了佛罗伦萨。我的同伴现在已不是那些穿亚麻衣服的波兰马祖尔人和头发油腻腻的犹太人，而是卷发的康塔蒂尼人和一个意大利第一兵团的豪爽的军官，还有一个德国的穷画家。烟草味中夹杂的不再是洋葱味而是蒜味香肠和奶酪的味道。

夜幕再次降临了。我躺在那犹如书架的小木床上，我的胳膊和腿都好像断了似的。然而这里的气氛却充满了诗意。星星在夜空中闪烁，意大利军官的脸看上去像是《观景的阿波罗》[1]，德国画家正哼着一首好听的德国歌曲。

暮色降临，
夜空中星星闪烁，
我心中深深的思念啊，
轻轻地
散落在这夜色中！

我的灵魂啊！
在这一片梦的海洋中航行，
永无停止，
直至——
找到你才能释放自由。

而我在思念着那个睡在柔软的毛皮之中的，有如女王般舒适的美丽女子。

---

[1] 译者注：《观景的阿波罗》，希腊雕像，现收藏于梵蒂冈博物馆。

佛罗伦萨！这个城市到处挤满了人，充满吵杂的喧嚣，急躁的搬运工和马车夫随处可见。旺达挑了辆马车坐了上去，遣走搬运工。

　　"我的仆人做什么用的！"她命令道，"格列高——拿着这票——去取行李。"

　　她裹着她的裘皮大衣，安安静静地坐在马车中，而我只能一个接一个地去取那些沉重的行李箱。在提最后一件行李的时候，我再也提不动了，一个好心的、有着一张聪慧的脸的警察走过来帮我的忙。旺达见此情景笑了起来。

　　"那应该很重吧，"她说，"我所有的裘皮都在里面呢。"

　　我坐到车夫的位置上，擦掉额头上的汗珠。她给了我旅馆的名字，车夫赶马上路了。没过几分钟，我们就停在了一个令人眼花缭乱的入口前。

　　"还有房间吗？"旺达问侍者。

　　"有，夫人。"

　　"给我两间，还要一间给我的仆人，我的两间全部都要带火炉的。"

　　"夫人，您的两间上等房，都带着火炉，"侍者急切地回答道，"一间没有供热的给您的仆人。"

　　她走到房间门口看了看，然后草率地说："这两间可以，马上生火。我的仆人可以睡在没有火炉的那一间。"

　　我只能望着她，希望她改变主意。

"格列高，去把行李取上来，"她命令道，根本没有注意到我的表情，"你去拿行李的时候，我会去换衣服，然后去餐厅吃东西。你也可以去吃晚餐。"

当她去隔壁房间的时候，我就去楼下将行李箱都拿上来，然后和那个服务生一起将她卧室里的火生好。他用蹩脚的法语向我打听关于我主人的情况。我环顾四周，火炉里的火烧得很旺，带着淡淡香气的白色的床，铺着小地毯的地板。然后，又累又饿的我下楼去问餐厅在哪儿。一个好心的侍者领我到餐厅，服侍我用餐。他曾经是一名奥地利士兵，费劲地用德语和我交谈着。当旺达走进来时，我刚开始喝这三十六小时来的第一口水，吃第一口热饭。

看到她，我站了起来。"你把我带到我仆人吃饭的餐厅是什么意思！"她满脸愠怒，冲着那个侍者吼道，然后转身离开了。

同时我在心里庆幸能将这一餐饭接着吃下去。吃饱后，我爬上四楼到了我的房间。我的小行李箱已经在那儿了。屋里只有一盏小得可怜的油灯。这个狭小的房间没有火炉，没有窗户，只有一个小小的通风口。如果不是这么冰冷刺骨的话，这里会令我想起威尼斯城的皮翁比 [1]。想着想着，我情不自禁地笑了出来，房间太小，以至于我被自己的回声给吓

_____

[1] 译者注：皮翁比是威尼斯城内臭名昭著的总督府监狱。

到了。

突然间，门开了。一个侍者比画着意大利特有的戏剧化的手势说道："你的主人要你马上下去。"我拿起帽子，跌跌撞撞地往外走，来到一楼她的房门口，敲了敲门。

"进来！"

我走了进去，关上门，立正站好。

旺达将房间布置得舒舒服服的。她正穿着一件带蕾丝边的白色细布薄睡衣，坐在红色小沙发上，脚搁在配套的脚凳上。她将一件裘皮大衣扔在一旁，那件裘皮正好就是我第一次见到她，把她当做爱之女神时穿的衣服。

大烛台上黄色的烛光映照在大镜子中，火炉里红色的火焰照在绿色的天鹅绒上，棕黑色的紫貂外套上，分外漂亮；映衬着她光滑白皙的皮肤，火红发亮的头发，更加美丽了。这时，她白净但冰冷的脸转向我，冰冷的绿眼睛看着我。

"格列高，我对你很满意。"她开口了。

我对她鞠了一躬。

"靠近点。"

我顺从地走上前。

"再靠近点，"她低下头，用手抚摸着黑色的貂皮，"穿裘皮大衣的维纳斯接纳了她的奴隶。我明白你不同于普通的幻想者，你并没有远远落后于你的幻想；你是那种随时想要将幻想变成现实的人，不管有多疯狂。我必须承认，我喜欢你这样；这确实令我钦佩。这其中有一股力量，一股令人敬佩的力量。我相信在非比寻常的环境下，在一个伟大事迹辈出的时代，你的弱点也许会变成一种非凡的能量。在早期的帝国时代，你也许就是个殉教者；在十六世纪的宗教改革时代，也许就是个激进分子；在法国大革命时代，你可能就是个有雄心壮志的吉伦特党人，在登上断头台的时候嘴里还唱着国歌。但现在，你只是我的奴隶，我的——"

她突然跳起来，裘皮大衣滑落下来，她的手轻轻地温柔地钩着我的脖子。

"我亲爱的奴隶，塞弗林。噢，我是多么爱你，多么崇拜你啊！你穿着这制服多么的帅气啊！今晚那间破旧的、没有火炉的屋子会把你冻坏的。我的甜心宝贝，我该将其中一件裘皮给你吗？那边那件大的——"

她迅速地捡了起来，披到我的肩膀上，在我还没有意识到的时候，我已经裹在这裘皮之中了。

"这件裘皮把你的脸衬得多英俊啊，它将你的贵族气质都显现出来了。等你一旦不再是我的奴隶，你必须穿着这条带黑貂的天鹅绒外套，你明白吗？否则我也不会再穿我那些裘皮大衣了。"

接着，她又开始抚摸我，亲吻我；最后她把我推倒在那小小的沙发上。

"你好像很喜欢这裘皮外套，"她说，"快，快！快给我，否则就看不出我的高贵气质了。"

我将这裘皮给旺达披上，她只把右手臂伸进袖子里。

"这是提香画里的姿势。但现在看上去可够滑稽的了。不要总是看上去这么严肃嘛，这令我很伤心。在人前，你仍然只是我的仆人，你还不是我的奴隶，因为你还没有签合同。你仍然是自由身，随时都可以离开我。你已经将你的角色扮演得很棒了。我已经很高兴了。但你是不是已经对此厌倦了，难道你不认为我令人憎恶吗？那么好吧，现在我命令你说说你的看法。"

"旺达，我必须对你坦白承认吗？"我开口了。

"是的，必须坦白。"

"就算你滥用了你的职权，"我继续说下去，"你对我更坏，我却比以往更爱你，更加狂热地崇拜你。你所做的使我热血沸腾，令我全身心陶醉其中。"我紧紧地抱住她，亲吻她湿润的双唇。

"噢！你这漂亮的美人！"然后我看着她欢呼。我的热情高涨，忍不住撕掉她肩膀上的裘皮大衣，然后狂吻她的脖子。

"甚至当我冷酷无情的时候，你还爱着我！"旺达说道，"现在马上给我滚——你令我厌烦——你听到没有？"

她扇了我一耳光，令我眼冒金星，耳朵嗡嗡作响。

"帮我穿上裘皮，你这奴隶。"

我尽快地帮她穿好。

"太差劲了！"她叫道，在快穿好的时候，又扇了我一耳光。我感觉自己的脸变得苍白了。

"我伤到你了吗？"她问道，轻轻用手摸着我的脸。

"没有！没有！"我惊呼道。

"无论如何，你没有理由抱怨，尽管你想；那么现在再亲我。"

我伸手抱住她，她的唇与我的唇紧紧地纠缠在一起。她身上那件沉重的裘皮大衣压在我胸前，我有一种奇怪的受压迫的感觉，好像是一只野兽，确切的说是一只母熊拥抱着我。我感觉好像她的爪子渗入我的肉里。但这时，这只母熊轻易地放过了我。

我上楼走进我那间可怜的仆人屋，心里充满了喜悦的希望，然后倒在那硬木床上。

"生活真是惊人神奇，"我想着，"一会儿之前，最美的女人——维纳斯还靠在我胸前，现在你有机会研究中国的地狱。和我们不一样，他们不是把罪人扔进火里，而是让魔鬼把他们赶到冰天雪地之中。

"很有可能，他们宗教的创始人也睡在没有供热的房间里。"

晚上的时候，我尖叫着从睡梦中惊醒。我梦见我在一片冰雪天地中迷了路，徒劳无功地找寻着出路。突然有一个爱斯基摩人驾着驯鹿雪橇过来，他的脸就是那个来我房间的侍者的脸。

"先生，你在这儿找什么呢？"他大喊，"这可是北极啊。"

过了一会儿，他消失了，旺达在冰上滑雪。她那白色绸缎裙子随风飘起来，还发出噼里啪啦的响声，还有她的貂皮大衣和帽子，特别是她的脸比雪还要白。她径直向我冲过来，伸出双臂抱住我，开始亲吻我。突然我感觉我的血液沸腾起来，温暖起来。

"你在这儿做什么？"我慌张地问道。

她大笑起来，当我看着她的时候，发现这不是旺达，而是一只硕大的白色的母熊，正用爪子抓住我的身体。

我绝望地叫喊着，当我被吓醒环顾四周的时候，还能听见她狠毒的笑声。

一大早我就站在旺达门口，侍者将咖啡拿来。我从他手中接过来，端给我漂亮的主人。她已经穿好衣服，看上去很漂亮，像一朵清新娇嫩的玫瑰。她优雅地对我笑着，当我恭敬地准备退出房间时，她把我叫住了。

"格列高，过来，你也快点吃早餐，"她说，"待会儿我们去找房子。我再也不想待在旅馆里了。待在这里令人尴尬。如果我跟你说话久一点，人们就会说闲话：'这个俄国女人跟她的仆人有一腿，你看看，凯瑟琳那样的人还存在呢。'"

半小时之后我们出了旅馆，旺达戴着一顶俄国帽子，而我穿着克拉科制服。我们引起了一阵骚乱。我走在她身后十步之远，表情非常沉重，但是这时候却很想笑出声来。几乎每条街上都有一所漂亮的房子，标着："出租已装修的屋子。"旺达总是让我先上楼，而只有当房子满足她要求的时候她才会自己上来看。到了中午，我已经像一条外出巡捕牡鹿的猎犬一样累了。

我们又进了一所房子，但是觉得没有合适的房间，于是又离开了。旺达已经有点心情不好了。突然她对我说："塞弗林，你扮演角色的认真态度真叫人着迷，而我们对彼此关系的约束令我讨厌。我已经忍不住了，我确实爱着你，我要吻你。我们去这房间里吧。"

"但是，女士——"我想反对。

"格列高？"她走进隔壁开着的门廊，爬上了几级黑暗中的台阶，然后伸手热情又温柔地将我抱住，亲吻我。

"哦，塞弗林，你真是太明智了。你做奴隶比我想象中的还要危险，你令人无法抗拒，我真担心会再次爱上你。"

"难道你已经不再爱我了？"我的心霎时被突然的恐慌揪住了。

她严肃地摇摇头，但是用丰满迷人的双唇吻住我。

我们回到旅馆。旺达吃起午餐，并且命令我也赶快吃点东西。

当然，我的午餐没有她那么快来，所以当我正要开始吃第二口牛排的时候，侍者进来了，又做了个戏剧化的手势，说道："夫人要你马上就去。"

我只好痛苦地离开我的午餐，又饿又累地去找旺达，她已经吃好上街了。

"我真难以想象你这么无情，"我抱怨说，"干这么累的活，你居然连让我完整吃一顿饭的时间都不给我。"

旺达高兴地笑了，"我以为你已经吃完了呢，"她说，"但是没有关系。男人生来就是要受罪的，尤其是你。殉教者都还没有牛排吃呢。"

我只好饿着肚子，生气地跟着她。

"我已经放弃在这城市里找一处住所的想法了。"旺达接着说下去，"因为在这很难找到一整层空的房子，让我们可以随心所欲地做想做的事。像我们这样疯狂奇怪的关系，肯定是很难协调的。我该去租一整套的别墅，你别吃惊。你现在可以去填饱肚子，然后在佛罗伦萨逛逛。我会到晚上才回去。如果到时候需要你，我会派人去叫你的。"

我逛了多莫教堂 [1]，维琪奥王宫和佣兵凉廊，然后我在亚诺河岸上站了很久。我一次又一次地看着这座古老的佛罗伦

[1] 译者注：米兰主教教堂，佛罗伦萨的地标，外部以粉红色、绿色和奶油白三色的大理石砌成，展现着女性优雅高贵的气质，又称为花之圣母大教堂。

萨城，圆圆的屋顶和塔楼轻轻柔柔地耸入蔚蓝的万里无云的晴空里。我望着那雄伟的大桥，桥下美丽的黄色河流泛起层层波纹，还有那碧绿的青山环绕着这个城市和城市里细长的柏树、众多的建筑物、宫殿和修道院。

这是个不同的世界，是个令我们开心、欢笑的世界，是个诱人的世界。这儿的风景不像我们那儿的那么严肃、那么忧郁。从这儿到那散落在淡绿色山中的白色别墅要很长的路程，然而每一处地方都充满着阳光。这儿的人们不像我们那么严肃，可能，他们没有想那么多，可他们看上去全都非常开心。

据说在南方死亡也更容易些。

现在我模糊地感觉到那没有荆棘的美和不需要受折磨的爱。

旺达找到一所漂亮的小别墅，将它租了下来，租了一整个冬天。它坐落于亚诺河左岸的迷人的小山上，就在卡希纳公园对面，它周围有一个迷人的花园，旁边有可爱的小路和草地。它有两层楼，是意大利流行的方形建筑。一边有条开放的凉廊，凉廊里有许多古代的石膏雕像，这儿的石阶一直通到花园里。穿过凉廊，会看见一个由华丽的大理石做成的浴池，它由一段螺旋式的楼梯通到主人的卧室。

旺达一个人住在二楼。

我住在一楼的一个房间里，这个房间很棒，还有火炉。

我穿过花园，在一个小山包上，发现了一座小寺院，寺院的门是关着的。门上还有条缝，我往里头望，发现在白色的基座上有一尊爱之女神。

我心里轻轻地打了个战。我仿佛听见她笑着对我说："你在那儿吗？我正等着你呢。"

又是夜晚了。一个漂亮的女仆带来口令说主人要见我。我爬上宽宽的大理石台阶，穿过接待室和一个装修得豪华的大客厅，来到卧室前。我轻轻地敲门，生怕惊扰这四周奢华的摆设。结果没有人回应，我在门前站了好一会儿。我有种站在伟大的凯瑟琳大帝门前的感觉，仿佛她随时都可能会出来，穿着那由红色丝带装饰着裸露胸部的绿色裘皮睡袍，还有那一头扑着白色粉末的卷发。

我再次敲了敲门。旺达不耐烦地把门打开了。

"怎么这么迟？"她问道。

"我已经在门口了，可你没有听到敲门声。"我胆怯地说。她将门关上，紧紧地抱住我。她将我领到她躺着的红色锦缎沙发上。房间整个都是用红色的锦缎布置的，墙纸、窗帘、门帘、床头的遮布。一幅华美的参孙与黛利拉的油画装饰着天花板。

旺达穿着诱人的睡衣迎接我。白色的绸缎睡袍优雅迷人地在她绝好的身材上摇曳，手臂与胸部在带着绿色天鹅绒边的黑色貂皮外套中若隐若现。她那红头发用镶着黑宝石的头绳半扎着，从后背一直散落到臀部。

"穿裘皮大衣的维纳斯……"我喃喃自语，这时，她将我按到她的胸部上，像是要用吻令我窒息一样。我不用再说什么、想什么，只是沉醉在这一片难以想象的幸福海洋中。

"你还爱着我吗？"她问道，眼神里闪烁着妩媚娇柔。

"你说呢！"我大叫。

"你还记得你的誓言吗，"她带着诱人的笑容继续讲下去，"现在万事俱备，我要再郑重地问你一次，你是否还愿意做我的奴隶？"

"难道我还不是你的奴隶？"我惊讶地反问。

"你还没有签合同呢。"

"合同——什么合同？"

"噢，你看，你是想放弃吧，"她说道，"那么好吧，我们忘了这事吧。"

"但是旺达，"我说，"你可知道对我来说没有什么比服侍你，做你的奴隶更幸福的事了。我愿意受你掌控直到老去——"

"当你说得如此慷慨激昂的时候，"她低声说，"你看上去多么英俊啊！我比任何时候都更爱你。而你想让我统治你，对你严厉，对你残酷。这我恐怕办不到。"

"我可不这么想，"我笑着回答道，"合同呢，在哪儿？"

"那么，我想你已经明白了'完全掌控在我手里'意味着什么，我已经起草了第二份合同，合同里声明你已经决定杀死自己。这样，如果我愿意，那么我完全可以杀了你。"

"把两份都给我。"

当我打开合同看的时候，旺达拿起了笔和墨水。然后她在我身边坐下，双手缠绕着我的脖子，注视着合同。

第一份合同写着：

旺达·范·杜娜耶夫人与塞弗林·范·库什弥斯基先生的合同

塞弗林·范·库什弥斯基自即日起解除与旺达·范·杜娜耶的婚约关系，同时放弃作为她未婚夫的所有权利；相反，他以作为一个男人和贵族的名誉起誓，他从今以后愿意成为她的奴隶，直到她恢复他的自由为止。

作为旺达·范·杜娜耶的奴隶，他更名为格列高，并无条件地满足她所有的愿望，遵守她所有的要求；他必须绝对服从主人，将她任何的善意都当做是额外的仁慈之举。

旺达·范·杜娜耶不仅可以惩罚她的奴隶，哪怕是只有一小点的疏忽与过失，而且有权在自己一时兴起之时或是为了消磨时间而虐待他。如果她愿意，她可以在任何时候杀死他；简而言之，塞弗林·范·库什弥斯基就是旺达·范·杜娜耶的私有财产。

若旺达·范·杜娜耶释放他，恢复他的自由，那么塞弗林·范·库什弥斯基同意忘记所有在他作为奴隶时所经历和忍受的一切事情，并且保证无论在什么情况下，都不考虑复仇或报复。

作为主人，旺达·范·杜娜耶同意尽可能多地穿着裘皮大衣，尤其是当她残酷地对待奴隶的时候。

合同下边写着日期。

第二份合同只有简短的几个字。

在对多年的生活和幻想感到厌倦时，我自愿结束我这毫无价值的生命。

当我看完时，仿佛被一种强烈的恐惧感揪住不放。现在还有时间，我还是可以放弃，但是疯狂的激情和这个漂亮女人就靠在我肩膀上休息的场面将我心里的恐惧一扫而空。

"这一份你需要手抄一份，"旺达指着第二份合同说道，"这必须是你的笔迹，当然，那份合同就不必了。"

我很快就写好那几行要求我自杀的字，交给旺达。她看了看，笑着放在了桌上。

"现在你还有勇气签这份合同吗？"她问我，斜着脑袋，笑得很诡异。

我拿起了笔。

"还是让我先签吧，"旺达说道，"你的手还在颤抖呢，你还在担心这些幸福不是属于你的吗？"

她拿起合同和笔。当我的内心还在挣扎的时候，我抬头往上看了片刻。对我来说，这幅在天花板上的油画，就像是许多意大利和荷兰学校里的油画一样，完全不符合历史事实，但是这个非历史的现象对我却有一种不可思议的影响。黛利拉，这个奢侈享乐的女人，有着一头红色热情的头发，她躺在红色沙发上，裹在黑色的裘皮斗篷中，衣服半敞着。弯着腰对被菲利斯人打败并捆绑起来的参孙微笑着。她那嘲讽着卖弄风情的笑声里充满着恶毒与残酷。她的眼睛，半闭着，迎着参孙的目光。在他看她最后一眼的时候，还是无比地爱着她。但是他的敌人已经跪在了他的胸口上，拿着火红的烙铁去刺瞎他的眼睛。

"那么现在——"旺达说，"你在想些什么呢，是什么困扰了你？亲爱的，你难道还不了解我吗，就算在你签了合同以后，所有一切也还是和以前一模一样的。"

我看了一眼那份合同。她的名字是用粗体字写的。我再一次看着她那双具有魔力的眼睛，然后拿起笔，飞快地签下了合同。

"你在颤抖，"旺达冷静地说，"我能帮你什么吗？"

她轻轻地举起我的手写字，我的名字就出现在第二份合同的下边。旺达又看了看这两份合同，然后将它们锁在沙发边上的桌子里。

"那么现在，交出你的护照和钱。"

我拿出钱包交给她。她检查完，点了点头，将钱包和合同放在一起。而我，我跪在她面前，头靠着她的胸，沉醉在甜蜜之中。

突然，她用脚把我踢开，跳起来，拉了铃绳。三个年轻苗条的非洲女佣应声走了进来，她们像乌木一样黑，从头到脚穿着红色的绸缎，每个人手里拿着一条绳子。

突然我意识到我的位置，正想要起身。旺达骄傲地直立在我的面前，她那漂亮但冷冰冰的脸，严肃认真的眉毛，轻视的眼神，转向了我。她像个女主人般地站在我面前，比画手势下了个命令，在我真正意识到发生了什么之前，非洲女佣就已经将我按到地上，绑好我的手和脚。我的手臂被绑在背后，就像是一个即将被处决的人一样，我几乎不能动弹。

"给我条鞭子，海蒂。"旺达异常冷静地命令道。

那个非洲女佣跪着将鞭子递给主人。

"那么，现在把我沉重的裘皮脱了，"她继续说下去，"它们妨碍我了。"

女佣遵从了。

"把短外套拿过来！"旺达命令道。

海蒂快速将她那放在床上的带貂皮边的短外套拿了过

来，旺达用无以比拟的优雅方式穿上了它。

"现在将他绑在柱子上！"

女佣们将我抬起，用一条粗绳子捆住我的身体，绑在一根支撑着这宽大的意大利床的柱子上。

然后，她们突然间消失了，好像被大地吞没一般。

旺达飞快地靠近我。白色的绸缎长袍在她身后摇曳，仿佛是银子，又仿佛是月光。她的头发仿佛发出了火焰燃烧那白色的貂皮外套时的光芒。她站在我的面前，左手紧紧地扶住臀部，右手握着鞭子，突然笑了起来。

"现在，我们之间的游戏已经结束了，"她冷冷地说，"从现在开始，一切都绝非玩笑。你这个傻瓜，我嘲笑你，看不起你。你荒谬的迷恋将你自己沦为我——这个浅薄的反复无常的女人——的玩物。你不再是我爱的男人了，而只是我的奴隶，你的生死在于我的一念之间。"

"你该了解我的！"

"首先，你该好好尝尝鞭子的滋味了，尽管你并没有做什么坏事，但这样你会知道如果你做事笨拙、不顺从或者不听管教的话，你会受到什么样的惩罚。"

她带着野性的优雅，将貂皮边的袖子往上卷，然后抽打我的背。

我退缩着，因为这鞭子仿佛是把刀子割进我的肉里。

"怎么样？你喜欢这样吗？"她大叫着。

我沉默不语。

"你等着，你会像狗一样在我的鞭子下哀号求饶的。"她边威胁我，边又开始鞭打我。

鞭子飞速地落在身上，一下一下紧接着，落在我的背上，手臂上，脖子上。我咬紧牙关忍着不叫出来。然后她鞭打我的脸，温热的血顺着往下流。她却还是笑着继续鞭打我。

"直到现在我才了解你，"她大叫，"有个男人——爱我的男人——你还爱我吗？——完全地掌控在自己的手里，真是一种享受。噢！不！我还没将你撕成碎片呢，每抽打你一下，我就变得更加快乐些。你像条虫一样扭曲着，尖叫着，哀号着！你将会发现我一点也不仁慈！"

最后，她终于累了。

她将鞭子扔在一边，倒在沙发上，按铃。

女佣走了进来。

"给他松绑！"

当她们松开绳子时，我像个木墩一样倒在地板上。这些黑人女仆咧嘴笑了起来，露出白色的牙齿。

"松开他的脚。"

她们照做了，可是我站不起来。

"过来，格列高。"

我靠近这漂亮的女人。对我来说，她从来没有像今天这么诱人过，尽管她那么冷酷、那么轻视我。

"再近一步，"旺达命令道，"跪下，亲吻我的脚。"

她从白色绸缎长袍边缘伸出脚，而我，这个超感觉论的傻瓜，将双唇印在她的脚上。

"接下来的一整个月中都不准见我，格列高，"她严肃地说，"对你来说我就是个陌生人，这样你会对我们之间新的关系更容易适应些。同时你必须在花园里工作，等待我的命令。现在你去吧，奴隶！"

一个月就这么过去了，单调的规律，沉重的工作，忧郁悲伤的思念，思念着她，这个令我承受这一切痛苦的女人。

我被安排在一个园丁手下干活，帮他修剪树枝，清除篱笆，移栽花丛，整修花床，清扫沙砾路面。和他吃一样的粗劣的饭菜，睡同样的小破屋，早起晚睡。我能不时地听见我的女主人在享受着生活，被一群仰慕者包围着。有一次我甚至在花园里都听到了她欢乐淫荡的笑声。

我觉得自己很傻。这是我现在的生活所导致的，还是我原来就是这样？这一个月的期限到后天为止就结束了。她会对我做些什么，或者她已经忘了我，将我丢在这儿修剪树枝，整理花丛，直到我死的那一天？

一张纸条。

命令奴隶格列高来为我服务。

旺达·杜娜耶

第二天早晨，我揣着惴惴不安的心，掀开缎面窗帘，走进我的女神的卧室。这里仍然处在一片令人愉悦的幽暗之中。

"是你吗，格列高？"她问道，我跪在火炉前生火，听到所爱的人的声音，我浑身颤抖。我看不见她，她躺在窗帘后面那带着四根立柱的帐幔床上。

"是的，主人。"我回答。

"现在几点了？"

"刚过九点。"

"给我早餐。"

我快速地取过来，然后端着盘子跪在她床前。

"这是您的早餐，主人。"

旺达将窗帘拉到后面，当我第一眼看到她发丝散落着，靠在枕头上时，我就感觉到很奇怪，她对我来说就像是个完全陌生的人。一个漂亮的女人，但是原先柔和的线条不见了，现在的脸色很差，看起来是一副疲惫、纵欲过度的样子。

难道这仅仅是因为我之前没有注意到吗？

她绿色的眼睛看着我，眼神里好奇的成分多于威胁，或者可以说是可怜。她懒懒地将搭在肩膀上的黑色裘皮睡袍拉开。

这一刻，她非常迷人，简直令人疯狂，我感到我的血液冲到头上和心上。我手上的盘子都开始颤抖了。她注意到了，拿起了放在梳妆台上的鞭子。

"你这可恶的奴隶。"她皱着眉头说道。

我忙低头看着地板，稳稳地握住手中的盘子。她边吃早餐，边打呵欠，将娇贵的四肢伸进华丽的裘皮中去。

她按铃，我走了进去。

"将这封信交给柯西尼王子。"

我赶到市中心，将信交给了王子。王子是个年轻的帅小伙，有双充满活力的黑眼睛。我怀着嫉妒的心，将他的回话带给旺达。

"你怎么了？"她居心叵测地问道，"你看上去脸色苍白。"

"没事，主人，我只是走太快了。"

吃午饭的时候，王子来到她身边，我被要求站在一旁伺候他们俩。他们互相开着玩笑，我对他们来说仿佛是不存在的。有那么一下，我简直受不了了。在给王子倒红酒的时候，我故意把酒溢出来，洒在桌布上，还有她的长袍上。

"太可恶了！"旺达大叫着，扇了我一耳光。王子大笑，她也大笑，而我，感到血直冲到脸上，火辣火辣的。

午餐过后，她要驾车到卡希纳公园。她自己赶着一辆小马车，拉车的是一头棕色的英国小马。我坐在后面，看着她如何卖弄风情，当每一个绅士向她鞠躬打招呼时，她都风骚地微笑点头。

当我扶着她下马车时，她轻轻地靠在我手上，这样的碰触令我像是触电了一般。她真是个魅力无穷的女人，我比之前更爱她了。

晚上六点吃晚饭的时候，她邀请了一群男男女女。我伺候着，但这次我没有再将酒洒在桌布上了。

一个巴掌实际上比十句教训的话更来得有效。它能让你更快地明白，特别是当这个巴掌来自一个女人之手的时候。

晚饭后，她要驾车到佩戈拉大剧院。她下楼的时候，身穿黑色的天鹅绒袍子，衣领上带着貂皮边儿，头上戴着白色玫瑰花冠，简直美得令人目瞪口呆。我打开马车门，扶她上了车。在剧院门口时，我从车夫的位置上跳了下来，她扶着我的手下来，这甜蜜的负担让我的手开始颤抖。我为她打开包厢的门，然后在大厅里头等她。他们的聚会长达四个小时，她接受了那些仰慕者的拜访，我气得咬牙切齿。

午夜过后，我的主人响了最后一次铃。

"生火！"她粗鲁地命令道，当火炉里的火噼里啪啦开始烧得很旺的时候，她又命令，"拿茶来！"

当我带着俄国茶壶回来的时候，她已经将衣服换了，在女佣的协助下换上了白色的睡袍。

然后海蒂就离开了。

"把我睡觉时用的裘皮拿过来。"旺达说道，犯困地伸展着她可爱的四肢。我从靠背椅上扶起她的手，她懒洋洋，慢吞吞地将手伸进衣袖里。然后躺在了沙发垫子上。

"给我脱鞋，然后给我穿上那天鹅绒拖鞋。"

我跪在地上，用力地脱那小小的鞋。"快点！快点！"旺达大叫，"你弄疼我了！你等着——我来教你。"于是她举起鞭子抽打了我，然后我马上就将鞋脱下来了。

"现在给我滚出去！"她又踢了我一脚，然后允许我回去睡觉了。

今晚，我陪她参加了一个聚会。在前厅，她命令我帮她脱下裘皮大衣，然后带着高傲的笑容和胜利的自信，走进灯火辉煌的大厅里。我又沉闷无聊地等着时间一分一秒地过去。当大厅的门被打开的时候，音乐声不时地传到我耳朵里。许多侍者企图跟我闲聊，但是他们很快便打消了这个念头，因为我只会一点点意大利语。

后来，我等得睡着了，还梦见我出于嫉妒而谋杀了旺达。我被宣判死刑。我看见自己被绑在绞刑架上，斧头掉了下来，我能感觉掉在我的脖子上，但我居然还活着——

然后，刽子手扇了我一巴掌。

不，不是刽子手，是旺达。她愤怒地站在我面前，向我要她的裘皮。我连忙起身帮她穿好裘皮大衣。

给一个漂亮的女人穿裘皮大衣，看见并能触摸到她的颈部，她那在珍贵柔软的裘皮之下的娇贵的四肢，还有散落在衣领上的卷发，真是美妙极了。当她将裘皮大衣脱下的时候，她身体上的余温和淡淡的体香还留在黑色貂皮大衣的毛尖上。这简直能让我疯掉。

终于有一天，既没有客人，没有剧院，也没有其他伴侣，我轻松地叹了口气。旺达坐在走廊上看书，显然没有叫我的意思。夜幕降临的时候，银色的薄雾渐起，她不再待在那儿看书了。我伺候她吃晚餐，她自顾吃着，看也没有看我一眼，也没和我说一个字，甚至都不扇我耳光了。

我有多么渴望她能扇我耳光啊。我的眼眶里充满了泪水，我感觉她是如此地羞辱我，她甚至觉得不值得折磨或者虐待我。

终于，在睡觉前，她按铃叫了我。

"你今晚睡在这儿，我昨晚做噩梦了，现在害怕一个人睡觉。从沙发上拿个垫子，躺在我脚边的熊皮上。"

然后旺达把灯吹灭了。房间里唯一的光源是天花板上的一盏小灯。她爬上床，说："不要翻身，那样会吵醒我的。"

我按照她的命令做了，但是好长时间都睡不着。我看着这个美得像女神般的女人，她躺在她黑色的裘皮睡袍上，手臂放在脖子后面，红头发披散下来盖住手臂。我听见她均匀的呼吸声，看见她丰满的胸部随着呼吸上下起伏。无论她什么时候轻轻地转身，我都会惊醒过来，看看她是否需要我做什么。

但她并没有叫我。

我并没有什么任务。我对她来说不过像是盏夜灯或是放在枕头下的手枪。

到底是我疯了还是她呢？所有这一切都源自一个善于创造、胡闹瞎搞的女人，而她仅仅是为了比我这个超感觉者的幻想更加疯狂些吗？或者是这个女人真的是有着跟暴君尼禄一样的性格，将有血有肉、跟他们一样有梦想的人当做虫子一样踩在地上，以此获得残忍的快乐？

看看我都经历了些什么呀！

当我端着托盘，上面放着咖啡，跪到她床前的时候，旺达突然将手放在我肩膀上，她的眼睛凝视着我，仿佛要将我看穿。

"你的眼睛多美啊，"她柔声地说，"特别是在你受折磨的时候。你感到难过吗？"

我低着头，沉默不语。

"塞弗林，你还爱着我吗？"她突然充满激情地叫出来，"你还能爱我吗？"

她激动地用力抱紧我，以至于晃倒了装咖啡的托盘，罐子和杯子都掉到了地上，咖啡洒在地毯上。

"旺达——我的旺达！"我哭喊着，紧紧地抱住她，我不停地亲吻着她的红唇、脸面、胸脯。

"我的痛苦在于当你对我越坏，越是背叛我时，我却越来越疯狂地爱着你。噢！我会在爱、恨和嫉妒交织的痛苦中死去。"

"但是，塞弗林，我还没有背叛你呢。"旺达笑着回答。

"没有？旺达！你不要这样无情地和我开玩笑了，"我大叫，"我不是亲手将信交给王子了吗——"

"当然，那封信是邀请王子与我共进午餐。"

"自从我们来到佛罗伦萨，你已经——"

"我是绝对忠诚于你的，"旺达回答道，"我对着神灵发誓，我所做的都是为了完成你的梦想，这一切都是为了你。"

"但是，我需要再找一个情人，否则事情将会半途而废，最后你该责备我对你不够残忍了，我亲爱的奴隶！但是今天你可以做回塞弗林——我唯一爱着的男人。我还没有扔掉你的衣服。它们都放在柜子里。去，穿上你在喀尔巴阡山经常穿的衣服，在那儿我们亲密无间地爱着彼此。忘掉在那以后发生的事吧，哦，在我的怀里你会很快忘掉的，我会将你的伤悲全都吻走的。"

她开始像对小孩一样对待我，亲吻我，呵护我。最后她优雅地笑了，"现在去穿上衣服，我也穿上。我该穿上那带貂皮边的外套吗？哦——是的，我知道，现在马上去！"

当我回来的时候，她已经穿着白色绸缎长袍，外面套着件红色带貂皮边的外套站在房间中央位置，她的头发上洒了白色的粉末，额头上戴了一个钻石皇冠。在那一刻，她令我想起凯瑟琳二世，但是她并没有给我多少回忆的时间。她将我推倒在沙发上，躺在她身边，我们一起度过了愉快的两个小时。她不再是严厉的反复无常的女主人，而是一个漂亮的女人，一个温柔可人的甜心爱人。她给我看她的照片和书籍，并讲述她对这些书籍的看法，话语中充满了智慧，精练到位，而且很有品位。我不止一次地亲吻她的手，充满了兴奋。然后她要我背诵一些莱蒙托夫的诗，当我浑身上下充满了激情的时候，她将小手轻轻地放在我手里。她说话如此温柔，她的眼睛里充满了柔和的喜悦。

"你幸福吗？"

"还没有。"

于是她靠在垫子上，慢慢地解开外套。

但是我立刻用貂皮将她那半露的胸部遮住。我结结巴巴地说："你这样会让我发疯的。"

"来吧！"

她刚一说完，我就已经躺在她手臂上，她像蛇一样用舌头缠绕着我，然后再次轻声问道："你现在幸福了吗？"

"无比幸福！"我呼喊道。

她大笑，这魔鬼般的笑声如此尖厉，令我毛骨悚然。

"过去，你常常梦想着成为漂亮女人的奴隶、玩物，而现在你想象着自己还是个自由人，一个自由的男人。我亲爱的，你真是个傻瓜！我的一个手势，就足以让你再变回奴隶。跪下！"

我从沙发上跌到她脚边，但是我眼睛始终盯着她，充满了怀疑。

"你还不相信！"她看着我说道，双手交叉在胸前，"我已经厌倦了，你就这么跪着几个小时好了。不要用那种眼神看我。"

她用脚踢了踢我。

"我想你变成什么就得是什么，你可以是人，是东西，或者只是动物——"

她按铃。三个黑人女佣走了进来。

"将他的手绑在背后。"

我还跪在那儿，毫不反抗地任她们捆绑。她们将我带到花园里，一个面朝南的小葡萄园中。藤中间种着玉米，不时地还能看见些干了的葡萄藤挂在那儿，旁边还有一把犁。

黑人女仆们将我绑在一根柱子上，用她们金色的发针扎我，以此为乐。不久，旺达便出现了。她头上戴着貂皮帽子，双手插在外套的口袋中。她命令将我从柱子上松开，然后将手绑在背后。接着她取出一把轭套住我脖子，再接上犁。

然后，这几个黑色的恶魔将我赶到田里。其中一个稳住犁，另一个在前面拿绳子牵着我，第三个挥动鞭子抽打我，而穿着裘皮的维纳斯则站在一旁观看着。

当我第二天伺候旺达吃晚餐的时候，她说："再拿一副餐具来，今晚我要你陪我吃晚餐。"当我正要坐在她对面时，她说道："不，坐到我旁边来，紧挨着我。"

她心情好极了，舀汤给我喝，喂我东西吃，像小猫一样将头靠在餐桌上，与我调情。海蒂今天代替了我，伺候在餐桌旁。我看了她一眼，时间比平常要看得久些，这一举动为我带来了今天的灾难。今天我才注意到她高贵的欧洲人的面部特点以及如黑色大理石雕像般美丽丰满的胸部。她注意到我在看她，露出牙齿咧嘴笑了。还没等到她离开屋子，旺达就愤怒地跳了起来。

"什么！你竟敢在我面前偷看其他女人！可能你喜欢她要比喜欢我多一些，她更有魔力！"

我害怕了，我从来没有见到她这样过。她突然脸色煞白，浑身气得直抖。穿裘皮大衣的维纳斯在因为她的奴隶而嫉妒。她一把抓住鞭子，抽在了我脸上。后来她叫来黑人女仆，将我捆住拖入地窖中。地窖又黑又潮湿，是真正的牢笼。

然后门砰的一声关上了，上了门闩，锁上了。我成了一名被关押的囚犯了。

我躺在那儿不知过了多久，就像一头被捆住放在潮湿草地上等待宰割的小牛，没有灯，没有食物，没有水，也没法睡觉。如果我没有被冻死的话，那么她就是想把我给饿死。我有点冷得发抖，我发烧了吗？我感觉自己开始恨这个女人了。

一道红得有如鲜血一般的光线扫了进来，这是门开后从外面透进来的光线。

旺达出现在门口，穿着貂皮大衣，手里握着火把。

"你还活着吗？"她问道。

"你是来杀我的吗？"我用低沉嘶哑的声音反问道。

旺达疾迈了两大步，走到我旁边，跪在我面前，将我的头放到她大腿上："你病了吗？你的眼睛瞪得真可怕，你还爱我吗？我希望你还能爱我。"

她掏出一把匕首。当刀锋在我眼前闪动时，我害怕了。那时我真的以为她要杀我了。她见状笑了起来，割断了捆着我的绳子。

接下来的每天晚上，吃过晚餐后，她都会召唤我。让我读书给她听，她会和我讨论各种有趣的话题。她仿佛完全变了副样子了，她居然为背叛我、那么残忍地对待我而感到羞愧。她整个人变得很温柔，道晚安的时候，她会伸出手让我亲吻道别，她的眼神里透露着超乎常人的爱和善良。这令我感动得流泪，让我忘记了生命中所有的痛苦和对死亡的恐惧。

我正给她念《曼侬·莱斯戈》。她领会了其中的寓意，但是并没有说一个字，只是不时地笑笑，最后合上了这本书。

"你不想继续读了吗？"

"今天就念这么多吧。我们自己来演一出《曼侬·莱斯戈》吧。我在卡希纳有个约会，而你，我亲爱的骑士，就陪我去吧。我知道你会的，对吗？"

"您可以这么命令我。"

"我不是在命令你，我是恳求你。"她说话的样子无比迷人。然后她站起来，将手搭在我肩上，凝望着我。

"看你的眼睛！"她大叫，"我爱你，塞弗林，你不知道我有多么爱你！"

"是的，我了解！"我酸苦地反驳道，"你爱我爱到去和别的男人约会。"

"我这样做只是为了更好地引诱你，"她高兴地说，"我必须有仰慕者，这样我才不会失去你。我从来不想失去你，从来没有，你听到了吗，因为我只爱你，只爱你一个。"

她激动地吻我的唇。

"哦，如果可以的话，我愿意将我整个灵魂化作一个吻献给你——然而——现在随我来吧。"

她穿上一件样式简单的黑色天鹅绒外套，头戴一顶黑色俄国式帽子，然后快速地穿过走廊，走上马车。

"今天格列高驾车。"她对车夫这么说，车夫惊讶地退了下来。

我坐上车夫的位置，愤怒地赶着马车。

到了卡希纳，旺达在主道拐进林荫小径的地方下了车。已经是晚上，只有星星穿过乌云在天空中闪烁。在亚诺河岸上，站着一个穿黑色外套、头戴土匪帽子的男人，正望着黄色的河水。旺达快步穿过灌木丛，拍了拍他的肩膀。我看见他转过身，抓着她的手，然后他们便消失在那绿墙之后了。

折磨人的一个小时终于过去了。有一边的灌木丛沙沙作响，是他们回来了。

这个男人护送她上了马车。灯光下，我看见的是一张在长长的金色卷发下欢喜雀跃、柔和带着梦幻感觉的脸，这是个我以前从来没有见过的年轻人。

她伸出手，那个男人敬重地吻了吻以此道别，然后她对我做了个手势，马车立刻将沿河的枝繁叶茂的墙甩在了后面，这墙看上去就像是绿色的长长的屏风一样。

花园的门铃响起。一张熟悉的脸孔，正是在卡希纳的那个男人。

"我该怎么称呼你？"我用法语询问他，他胆怯地摇了摇头。

他不好意思地问："请问，您会讲德语吗？"

"会，请问你叫什么名字？"

"噢！我还没有名字呢，"他尴尬地回答道，"告诉你主人说卡希纳的德国画匠到了，想——想见她本人。"

旺达走到阳台上，对这个陌生人点了点头。

"格列高，带这位先生进来！"她叫我。

我引着他上了楼梯。

"谢谢，我可以自己找她了，谢谢，非常感谢！"他冲上楼梯。我还站在原地不动，惋惜地看着这个可怜的德国人。

穿裘皮大衣的维纳斯已经将他的灵魂紧紧拴在她的红头发上了。他将为她画画，他将因失去灵魂而发疯。

这是冬日里阳光灿烂的一天。金灿灿的阳光洒在树叶上，散落在绿色的草地上。走廊角落的山茶花正欣欣向荣地发芽。旺达坐在凉廊里画画。德国画家站在她对面，两手拱着，一副崇拜的样子，看着旺达。不，他凝视着旺达，完全沉醉于其中，喜悦之情溢于言表。

但是旺达并不看他，也没有看着拿铲子整理花床的我。但是，我能看见她，感受到她离得很近，在我看来，她就是一首诗，一段音乐。

画家走了。我决定做一件很冒险的事——我走到凉廊，离旺达很近，问她："主人，你爱这个画家吗？"

她看着我，并没有生气，而是摇摇头，最后甚至还笑了。

　　"对他，我感到遗憾。"她回答道，"但是我不爱他。现在我不爱任何人。曾经，我深深地爱着你，对爱充满了激情。但现在我也不再爱你了。我的心死了，空洞洞的，这让我感到难过。"

　　"旺达！"我叫着她的名字，深深地感动着。

　　"不久，你也将不再爱我了，"她继续说下去，"当你不再爱我的时候，告诉我，而我也将还你自由。"

　　"我这一生都将是你的奴隶，因为我崇拜爱戴你，直到永远。"我大叫，我被这狂热的爱紧紧抓住，它已经一再地伤害了我。

　　旺达惊奇欢喜地看着我。"好好想想你所做的事，"她说，"我永远爱你，对你专横是为了完成你的梦想。那些我曾经对你的感觉，一种深切的同情仍然在我心中荡漾。当这些感觉都消失以后，谁知道我是不是会还你自由呢；我是不是不再变得冷酷无情甚至是野蛮呢；也许我不会再因为折磨虐待崇拜我的人而从中获得魔鬼般的快乐，同时也不会对爱有所感觉或是爱上其他人；也可能我会很享受他因爱我而死的情景。你好好想想吧。"

　　"这些我很早就都想过了，"我回应道，感到一阵燥热，"没有你我无法活下去，如果你给我自由，我宁愿死掉，让我留在你身边当你的奴隶或是杀了我，但请不要赶我走。"

"那么好吧，你就继续做我的奴隶吧，"她回答道，"但是不要忘记我已经不再爱你，你的爱对我来说就跟一条狗的是一样的，至于狗，我还能一脚踢开呢。"

今天，我参观了梅第奇的维纳斯像。

那时还很早，这小小的八角形谈判室里透着微弱的光，仿佛是个避难所。我站在这尊沉默的女神像前，双手交叉，陷入了沉思。

但是我并没有在那发呆很久。

这凉廊中没有一个人，甚至连英国人都没有。我双膝跪在地上，抬头望着这尊女神可爱苗条的身材，微微隆起的胸部，少女般天真却撩人的脸蛋儿，那仿佛带着芬芳香气的卷发似乎隐藏在前额两端。

我的主人又按铃了。

现在已经是中午时分。但是她还躺在床上，脖子枕在手臂上。

"我想去洗澡，"她说，"你跟着来。把门锁上！"
我顺从她的命令。

"现在下楼看看下面的门是否也锁好了。"

我走下那从她卧室通向浴室的螺旋式楼梯，我的脚在发软打战，我不得不扶着旁边的铁栏杆。我在确定通往凉廊和花园的门都锁好后才返回，旺达已经坐在床上，头发松散着，裹在绿色天鹅绒的裘皮大衣里。当她挪动的时候，我发现她只穿着这件裘皮大衣。这令我感到恐惧，我不知道为什么。我就像一个被宣判死刑而正走向绞刑架的人，而当他看到绞刑架时，开始颤抖。

"过来，格列高，把我抱起来。"

"主人，你的意思是？"

"哦，叫你抱着我，你明白了吗？"

我将她抱起，她就在我怀里，手绕过我的脖子。慢慢地，一步接一步，她的头发不时地摩挲着我的脸颊，她的脚顶着我的膝盖。我手里负担着这美女，脚却在打战，感觉自己随时都有可能倒下。

这间浴室很宽大，是高高的圆形建筑，从圆形屋顶上的红色玻璃透进一道柔和的光线。两棵棕榈树展开宽阔的叶子，就像屋顶上盖了一层绿色天鹅绒垫子。这儿的台阶铺着土耳其地毯，直通向占据屋子中央的白色大理石浴盆。

"在楼上我的梳妆台上有一条绿色丝带，"当我将她放在沙发上时，旺达说道，"去拿过来，再把鞭子也带过来。"

我飞奔上楼，又马上回来，跪着将绿丝带和鞭子交给她。她要我将她一头厚重的卷发用绿丝带盘个发髻。然后，我开始放洗澡水。我显得特别笨拙，因为我的手脚都不听使唤了。我不由自主地一直看着这个躺在红色垫子上的漂亮女人，她那美妙的身体在裘皮下隐约可见。有一股魔力推动着我忍不住去看。她半掩欲露的姿态是多么艳丽多么放荡。我想入非非的时候，澡盆的水满了，旺达一下就脱掉了裘皮大衣，站在我的面前，就像是八角谈判室里的女神。

在她脱掉外套的那一瞬间，她看起来是那么的神圣纯洁，仿佛就是多年前崇拜的女神。我跪在她的面前，低着头亲吻她的脚。

我的灵魂，之前还是波涛汹涌，突然间完全平静下来，而我也感觉不到一丝旺达的冷酷。

她慢慢地走下楼梯，我看见她平静地走下来，没有夹杂一丝的痛苦或是欲望。我看着她走进这晶莹透亮的水中，又从水里浮了上来，她激起的小小波浪缠绕着她，仿佛是温柔的爱人一般。

虚无主义的美学家说得对：一个真正的苹果比画中的要漂亮得多。一个活生生的女人要比一尊石雕维纳斯美妙得多。

当她离开浴室的时候，银色的水珠和玫瑰色的灯光照在她身上，闪闪发光，我完全被迷住了，心里暗自欢喜。我用亚麻布裹住她，擦干她美妙的身体。此刻，静静的喜悦环绕在心里，即使现在她的脚放在我身上，把我当脚凳。她躺在天鹅绒披风上，柔软的毛皮撩人心扉地裹住她冰冷的大理石般的身子。她用左手臂伸进黑色的裘皮袖子，支撑着自己，看上去像一只睡着的天鹅。右手不经意地玩着鞭子。

　　偶然间，我瞥到对面墙的镜子上，忍不住叫了出来，因为我看见我们俩在这金色的边框中仿佛是在一幅油画里。这幅画是如此美妙、如此奇特、如此富有想象，一想到它的轮廓与颜色会像雾一样消散，我便陷入了深深的哀伤中。

　　"你怎么了？"旺达问。

　　我指着镜子。

　　"啊，好漂亮啊！"她也叫了出来，"不能将这一幕定住，永远保存下来，真是太遗憾了。"

　　"为什么不呢？"我问道，"为什么不叫个画家来呢，即使是最出名的画家也会因你给他机会为你画画，用他的画笔让你永恒而感到自豪呢。"

　　"一想到这么美丽的女子将消失于这个世界，"我望着她继续慷慨激昂地说，"该是多么可怕的事情啊。美妙的面部表情，深邃的绿眼睛还带着些神秘感，充满魔力的卷发，动人的躯体。这种想法令我害怕得要命。但是艺术家之手会将你从灭亡中挽救出来。你不会像我们一样永远从人世中消失。你的画像会活在这个世界上，甚至存活到你已经变成尘土的时候，哦，美丽的女子会超越死亡而存在。"

　　旺达笑了。

　　"但是糟糕的是现在意大利没有提香或者拉斐尔了。"她说道，"但是，爱情也许能创造出一个天才，谁知道呢；那个小小的德国画家或许可以为我作画？"她沉思道。

"是的，他很适合为你画画，我确信爱之女神会将颜料调好。"

这个年轻的画家已经在别墅里弄好了一间工作室，他完全在她的掌控之下。他刚开始的时候画了位"圣母马利亚"，一位红头发、绿眼睛的"圣母马利亚"！只有这个德国理想主义者才会企图将这个完全暴躁的女人画为一个纯洁的形象。这个可怜的家伙比我更像是头蠢驴呢。不幸的是，我们的蒂塔妮娅[1]很快就发现了我们的驴耳朵。

现在她正嘲笑着我们，还不知道她会怎么嘲笑我们呢！当我站在工作室的窗户下，听到她傲慢却美妙的笑声在工作室里响起时，便嫉妒得要命。

"你疯了吗，我——哈！真是不可思议，我像圣母吗！"她尖叫起来，接着又大笑，"等等，我给你看我的另一张画像，一张我自己画的画像，你可以模仿一下。"

她的头伸到窗子边上，在阳光下红色的头发像是团火焰在燃烧。

---

[1] 译者注：莎士比亚《仲夏夜之梦》里的仙后，被人施魔法爱上了一个长着驴头的男子。

"格列高！"

我飞奔上了楼，穿过走廊，走进工作室。

"带他去浴室。"旺达命令道，然后她便急促地走开了。

过了一会儿，旺达出现了，身上只套着那件黑色貂皮外套，手里拿着鞭子，她走下楼，像之前一样躺在天鹅绒垫子上。我躺在她脚边，她将一只脚踩在我身上，她的右手玩着鞭子。"看着我，"她说，"用你那深切而狂热的眼神看着我。这就对了！"

这个画家的脸变得惨白惨白的。他那美丽的梦幻般的蓝眼睛贪婪地望着这个场景，他的嘴张开着，但是什么也没说。

"怎么样？喜欢这样的画面吗？"

"是的，这就是我想画的样子。"这个德国画家说道，但这并不仅仅是语言，而是无奈的叹息，是一个受伤的心灵在哭泣，一个受到致命伤害的心灵的哭泣。

炭笔素描画已经画好了，头部和肉体部分已经填上颜色。在一些粗线条的勾勒下，她魔鬼般的脸已经显现出来了，她的绿眼睛已经开始有生气了。

旺达双手交叉在胸前，站在画布前看着。

"这幅画，就像很多在威尼斯学校里的画像，既是人物肖像又在叙述故事。"画家如此解释道，他的脸又变得煞白，像死人的脸一般。

"那给它起个什么名字呢？"她问，"你怎么了？病了吗？"

"我恐怕是——"他着迷地盯着这个穿裘皮的漂亮女人，回答道，"我们还是来谈谈这画吧。"

"好吧，我们就谈这画。"

"我想象着这爱的女神已经因为一个凡人从奥林匹亚山上下凡。这凡人的世界总是很冷，所以她只好裹在厚厚的裘皮之中以便御寒，并将脚放在爱人的膝盖上。我想象着这个美丽的暴君最喜欢做的是在她厌倦了亲吻她的奴隶时，使劲地鞭打他。她越是将他踏在脚下，他便越疯狂地爱着她。因此我给这幅画取名为《穿裘皮大衣的维纳斯》。"

这个画家画得很慢，但是他的热情却越来越高涨。我担心他最后的结局将会是自杀。她玩弄着他，设了许多他无法解开的迷，他的血液已经开始冻结，但这些都令她愉悦。

坐在画家面前时，她一小口一小口吃着糖果，卷起纸张，包成一个个的小弹丸，用来扔画家。

"我很高兴你今天心情这么好，"画家说道，"但是你的脸上却失去了我要画入画里的表情。"

"你需要画入画中的表情？"她笑着回答道，"等一下。"

她站起来，给了我一鞭子。画家惊惶失措地看着她，脸上现出孩童般惊讶的表情，还夹杂着恶心和崇拜。

当旺达鞭打我的时候，脸上的表情越来越残酷与轻蔑，这令我既害怕又窃喜。

"这是你画画所需要的表情吗？"她叫道。在她冰冷眼神的注视下，画家低下了头，陷入困惑中。

"这个表情——"他结结巴巴的说，"但是我现在不能画——"

"什么？"旺达藐视地说道，"也许，我能帮你些什么？"

"是的——"那个德国人叫道，好像疯了一样，"你也鞭打我吧！"

"噢，好的，非常乐意。"她回答道，耸了耸肩，"但如果我鞭你的话，我将会是很郑重严肃的。"

"鞭打我到死都可以！"画家叫道。

"你愿意被我绑起来吗？"她笑着问。

"是的——"他呻吟道。

旺达离开了一会儿，回来的时候手里多了几条绳子。

"那么——你是否真的有勇气将你自己交给一个穿裘皮大衣的维纳斯，一个漂亮的暴君，不计较是好或是坏？"她讽刺地开始问话。

"是的，将我绑起来吧。"画家沉闷地回答道。旺达将他的手绑在背上，用一条绳子绑住手臂，另一条绑住身体，然后把他绑在窗户的十字柱上。接着她卷起裘皮，抓住鞭子，走到他面前。

对我来说，这样的场景无比吸引我，我无法形容我有多入迷。我感觉到心在怦怦地跳。旺达微笑着，挥起鞭子，鞭子在空中嘶嘶地响，第一鞭打在他身上时，他稍微退缩了一下。然后她一鞭接一鞭地打在他身上，她的红唇半启，露出牙齿，直到他用那蓝色哀怨的眼神向她求饶，这才罢了手。这样的场景美得真让人无法形容。

现在旺达正和他一起在工作室里。他正画她的头部。

她将我安置在隔壁的房间，在厚厚的窗帘之后，在那里他们看不见我，而我却能清楚地看着他们。

但是现在她想做什么呢？

她害怕他了吗？旺达已经将他变得很愚蠢了呀，或者这是她对我一种新的折磨方式？我的双脚开始颤抖。

他们俩开始谈论些什么。他放低声音，我什么也听不见，她也同样放低声音回答着。这意味着什么呢？他们俩在商量着什么呢？

我承受着可怕的痛苦，我的心都快要爆炸了。

他跪在她面前，抱着她，头靠在她怀里；而她——无情地——大笑起来。然后就听见她大声说起来。

"啊！你需要再次挨鞭子。"

"夫人！天啊！难道你这么无情吗？你没有爱吗？"德国人呼喊着，"难道你甚至不懂得，爱意味着什么？不懂得那种被渴望与激情包围着的感觉吗？你甚至无法想象我所受的折磨，你一点都不同情我吗？"

"一点也不！"她骄傲地嘲弄般地回答，"我只有鞭子。"

她迅速地从裘皮外套的口袋中掏出鞭子，抽打在他脸上。这个德国人站了起来，向后退了好几步。

"那么，你现在能开始作画了吗？"她无情地问。德国画家没有说什么，只是默默地走回画架前，拿起了画笔和调色板。

这幅画出奇的棒！这幅肖像画得无比逼真，画出了一幅理想的画面。画中颜色如此浓烈，恶魔的形象栩栩如生。

画家将他所受的折磨，他对旺达的爱慕和对旺达的诅咒全部都画进了这幅画。

现在他正给我画像；我们俩每天都有好几个小时单独待在一起。今天，他突然用颤抖的声音问我：

"你爱这个女人吗？"

"是的。"

"我也爱她。"他的眼眶湿润了，沉默不语好一会儿，然后接着画画。

"在我德国的家乡，有一座山可以给她住，"他喃喃自语，"她真是个魔鬼。"

画像终于完成了。她像个王后一般，非常慷慨地坚持要给他报酬。

"噢！你已经给过我报酬了。"他苦笑着，拒绝了她。

在他离开之前，他偷偷地打开了文件夹，给我看里面的东西。我完全惊呆了。在画中她看着我的情景就好像是出现在镜子里一般，活灵活现，出神入化。

"我要将这幅画带走，"他说，"这是我的，她无法从我这儿拿走。这是我费尽心血画出来的。"

"我真的对那可怜的画家感到抱歉，"她今天这样对我说，"我善良的样子真荒唐，你说呢？"

我没敢说什么。

"哦，我忘了我是同一个奴隶说话，我需要呼吸新鲜空气，转移注意力，忘掉这些事。"

"去备马车，快！"

她的新衣服真是奢侈浪费：带着貂皮边的紫罗兰天鹅绒做成的俄罗斯短靴，同样质地的短裙，用细长的丝带和玫瑰花形的裘皮做装饰，外面套了一件非常合身的短外套，外套上也用许多的貂皮做装饰。头上戴的帽子是类似凯瑟琳二世戴的高高的貂皮帽子，帽子边上有一根用宝石扣固定住的小小的白色羽毛，她的红头发散落在背上。她坐上车夫的位置，自己驾着马车，我坐在后面。她用力地鞭打着，马车疯狂地往前冲。

很明显，今天她这么做是想吸引别人的注意力，引起轰动，而她确实成功了。她就像是卡希纳的母狮子一样。人们从马车里探出头向她致敬，在小路旁，人们成群地聚集在一块儿讨论着她。她一点也没有留意其他人，除了不时向年长的绅士们轻轻地点头表示还礼。

突然间，有一位年轻人骑着一匹小黑马狂奔而来。他一看到旺达，便勒马停止奔跑，并且赶马走了过来。当靠得很近的时候，他完全停了下来，让旺达先过。这时候，旺达也看到了他——仿佛是母狮遇见公狮——他们四目相对。然后旺达疯狂地驾车从他身边擦身而过，但她无法摆脱他带有魔力的视线，她仍转过身去，追随着他的身影。

当我看着旺达见到那个年轻人时那半是惊讶半是兴奋的眼神，我的心跳几乎都停止了，但那个年轻人确实值得让人留恋。

因为他确实是个英俊的男人，不，可以说，他是我见过的人中最英俊的了。他像是贝凡维迪宫里的雕像，一座用大理石雕刻而成的雕像，有着和雕像一样的修长身材，钢铁般结实的肌肉，相同的脸庞和卷发。但是他的特别之处在于他没有留胡须。如果他的骨盆更窄一些，那么可能他会被误认为是女扮男装。他的嘴角显出古怪的表情，嘴巴半张着，露出牙齿，为这张英俊的脸庞增添了一种冷酷的意味。

阿波罗正在鞭打玛绪阿斯。

他脚上穿着黑色的高筒靴，正好配上白色的皮质马裤，意大利军官穿的黑色裘皮短外套，带着羔皮边儿，还有许多的装饰环。他黑色的头发上戴着顶红色毡帽。

我现在明白什么是爱神厄洛斯，我现在对苏格拉底竟然能在亚西比德面前还能把持得住而深感惊讶。

我从来没有见过旺达——这头母狮子如此兴奋。当她下了马车回到别墅的时候，她的脸颊还在发烫。她快步上楼，蛮横地命令我跟上。

她在房间里烦躁地来回踱步了好久。终于，她开始说话了，声音如此急促以至于把我吓到了。

"你马上去给我弄清楚那个在卡希纳的男人是谁！"

"噢！多么英俊的男人啊！你看见他了？你对他有什么看法，告诉我。"

"这个男人很英俊。"我闷闷地说。

"他真的很英俊，"旺达停了下来，靠在椅子的扶手上，"令我无法呼吸。"

"我能看得出他对你的影响。"我回答道，我在想象中来回旋转，"我自己也沉醉在爱慕之中，我能想象——"

"你能想象？"她大声笑话道，"那个男人是我的情人，他也会鞭打你，你会享受他的鞭打。"

"现在你走吧，快去弄清楚。"

直到夜幕降临前，我才弄清楚消息。

当我回来的时候，旺达仍然还是着装整齐的，她斜靠在沙发上，脸埋在手里，头发凌乱地散落着，像是母狮红色的鬃毛。

"他叫什么名字？"她问道，出奇的冷静。

"亚力克斯·帕帕多波利斯。"

"那么说，他是希腊人了？"

我点了点头。

"他非常年轻？"

"好像不比你大。据说他在巴黎念书，是个无神论者。他还曾经在坎迪亚跟土耳其人作战。据说，不管是在种族憎恨、残忍性格还是英勇善战方面，他都是很突出的。"

"那么，从各方面来说，他都是个真正的男人了。"她大叫，两眼放光。

"他现在住在佛罗伦萨，"我继续说下去，"据说他非常有钱——"

"我不是问你这个，"她立刻尖锐地打断我的话，"这个男人是个危险人物。难道你不怕他吗？我很害怕。他有妻子吗？"

"没有。"

"有情妇吗？"

"没有。"

"他去哪个戏院看戏？"

"今晚他会在尼可利尼剧院，维吉尼娅·玛丽妮和萨尔莉妮在那儿表演；她们是意大利，也许是欧洲最红的艺术家。"

"你在那儿给我订个包厢——快去！"她命令道。

"但是，主人——"

"你想尝尝鞭子的滋味，是吗？"

"你在大厅等我。"当我把看歌剧的望远镜和节目单放在她包厢角落里，然后调整好脚凳的高度的时候，她对我这么说。

现在，我站在大厅里，身子斜靠在墙上，这样才能支撑自己，不会因为嫉妒和愤怒而倒下。不！不是愤怒，而是致命的恐惧才对。

我看见她穿着蓝色的绸缎礼服，裸露的肩膀搭着貂皮大衣坐在包厢里；而他坐在旺达对面。我看见他们四目相对，含情脉脉。对他们来说，舞台、哥尔多尼的《帕美勒》、萨尔莉妮、玛丽妮、剧院里的观众、甚至是整个世界今晚都已经不存在了。而我，此时的我又算是什么呢？

今天她去参加希腊大使家的舞会。她知道会在那里碰见那个希腊人吗？

不管怎么样，她都会打扮得好像会碰到他的样子。一件厚重的低胸无袖的绿色丝绸连衣裙将她女神般的身材衬托得恰到好处，头发扎了个颇似红色火焰的结，戴了朵白色的百合花，绿色的芦苇叶交织着松散的线垂在脖子上。她再也没有表现出兴奋得颤抖的迹象，相反，她显得如此的冷静以至于我感觉我的血液都凝固了，我的心在她的注视下慢慢变凉了。她慢慢地爬上大理石楼梯，有如王后般的庄严里带着种厌倦、懒散的感觉，任凭那宝贵的披肩滑落，冷冷地走进聚会的大厅内，那儿有几百支蜡烛燃烧着，已经形成了银色的烟雾。

我目光呆滞地跟随着她，我好几次捡起不注意的时候从手中滑落的裘皮披肩，上面还带着她的体温。

我亲吻着这裘皮披肩，忍不住流下了眼泪。

他已经到了。

他穿着黑色的天鹅绒外套，上面用许多的黑貂装饰着。他像是一个英俊高傲的暴君，玩弄着人类的生命与灵魂。他站在接待室里，骄傲地环视四周，然后目光落在我身上好长一段时间，令我很不安。

在他的注视下，我又有那种致命的恐惧。我预感这个男人能将旺达俘虏、迷惑，最终征服她。相对于他的阳刚之气，我觉得自己低人一等，心里对他既羡慕又嫉妒。

我觉得我只不过是个行为怪异，软弱无能的东西！而令我最感到羞愧的是，我想恨他却恨不起来。为什么在这里这么多仆人中，他却偏偏选了我。

带着独特的贵族气质，他朝我点了点头，示意我过去，而我，只能违背自己的意愿，顺从地走过去。

"给我拿着我的裘皮。"他立刻命令道。

我整个身体都因怨恨而颤抖，但是我像个可怜的奴隶一样照做了。

我一整晚都等在接待室里，像发烧了一样胡言乱语。许多奇怪的影像在我眼前掠过。我仿佛看见他们互相对视，持续好久。我仿佛看见旺达穿过大厅，投入他怀里，沉醉于其中，眼睛半闭着靠在他胸前。我仿佛看见他躺在沙发上，不是奴隶而是作为主人，而旺达就待在他脚边。我跪着服侍着他们，手上摇摇晃晃地端着茶盘。我仿佛看见他拿起了鞭子。实际上，这时，仆人们都在讨论着他。

他是个清秀得像女子的男人；他了解自己长得英俊，举止也变得轻佻。他一天换四五套衣服，像是朵虚荣的交际花一样。

在巴黎，这个希腊人第一次穿着女装，就惹得许多男人发来情书。甚至有一个因歌唱技艺和热情而出名的意大利歌唱家闯入他家，跪在他面前，威胁说如果希腊人不跟他在一起，他便要自杀。

"对不起了，"他笑着回答，"我很愿意成全你，但是现在你除了自杀别无选择了，因为我是个男人。"

厅里的人已经散了许多，但是旺达还没有离开的意思。

天已经快蒙蒙亮了。

最后，我听见她厚重的裙子发出的沙沙声，拖在地上仿佛是绿色的波浪一般。她一步一步地靠近他，开始和他交谈起来。

我在她眼里不复存在，她已经不想再命令我些什么了。

"为夫人穿上披风。"他命令道。他显然没有想过要亲自为她穿上。

当我帮她穿上裘皮披风时，他两手交叉站在一旁。但是当我跪着给她穿上裘皮靴子时，她的手轻轻地放在他肩膀上，问道：

"你对母狮做何感想？"

"当她选择一起生活的公狮子被其他的狮子攻击的时候，"这个希腊人继续讲下去，"母狮会静静地待在一边观看他们的战斗。甚至当她的配偶受伤时，她也不会过去帮忙的。她会无情地在一旁看着他在对手的爪子下流血至死，然后跟随着胜利者而去——这就是女人的天性。"

此时，我的"母狮子"好奇地瞟了我一眼。

这令我不自觉地战栗，不知道为什么。黎明的太阳升起，我、她和他三个人沉浸在那仿如血色的阳光中。

她回去并没有睡觉，而只是脱掉她的礼服，将头发散落下来，她命令我去生火，然后她坐在火炉旁，盯着火炉里的火苗。

"主人，你还需要我吗？"我几乎没能说完最后一个字。

旺达摇摇头。

我退出房间，穿过走廊，坐在通向花园的台阶上，北风轻轻地从亚诺河上吹来，带来清新又潮湿的清凉，绿色的小山延伸至远处，笼罩在玫瑰色的迷雾中，金色的薄雾环绕着整个城市，飘荡在多莫大教堂顶上。

浅蓝色的天空中还颤抖着几颗星星。

我解开外套，滚烫的前额靠在大理石阶上。迄今为止发生的这一切对我来说只是场孩童的闹剧，但是情况却变得越来越可怕。

我预感到灾难即将来临，我已经能够看到它，抓住它，但是我却没有勇气面对它，我一点力气都没有了。老实说，我既不害怕我所受的痛苦和折磨，也不害怕所遭遇的虐待。

我只是害怕失去这个我疯狂爱着的女人，这种感觉如此强烈，简直要把我压倒，以至于我像个小孩一样开始哭泣。

这一整天，她把自己锁在房间里，只叫了黑人女仆进去。

当夜幕降临，星星在深蓝色的天空中闪烁，我看见她走进花园，便偷偷地跟在她后面，保持着一定的距离，看见她走进维纳斯神庙。我偷偷跟着，通过门缝窥探她。

她站在维纳斯女神像前，双手合十祈祷着，神圣的恒星发出爱的微光，蓝色的光环绕着她。

深夜，我躺在床上，那害怕失去她的恐惧和绝望的感觉紧紧地将我的心揪住，这种感觉令我变得大胆。我点着挂在走廊圣徒画像下的红色小油灯，走进了旺达的卧室，用手将灯光遮住。

这头母狮子在白天已经被追赶得筋疲力尽，现在正靠在枕头上睡觉。她平躺着，双手紧握成拳状，呼吸很沉重。她看上去像是在做噩梦。我慢慢地松开遮住灯光的手，让这红色的灯光照在她美丽的脸上。

但是，她没有醒过来。

我轻轻地将油灯放在地上，坐在旺达床边，头靠在她柔软又温暖的手臂上。

她轻轻地动了动，但还是没有醒过来。我不知道在那儿待了多久，被恐惧的感觉折磨着，几乎冻成了一块石头。

最后，我开始颤抖，我忍不住哭了出来。我的眼泪落到她手臂上。她缩了好几次，终于醒了，坐了起来。她用手揉了揉眼睛，看着我。

“塞弗林！”她大叫，恐惧多过于愤怒。

我说不出话来。

“塞弗林，”她继续柔声地说，“你怎么了吗？病了吗？”

她的声音听起来充满同情，那么善良，充满了爱，我的胸口就像被一个红彤彤的灼热的钳子夹住一般难受，大声哭泣起来。

“塞弗林，”她又开始说起来，“我可怜的伤心的朋友。”她的手轻轻地摩挲着我的头发。“对不起，真的对不起，我帮不了你，我不知道这世界上还有什么能将你治愈。”

“哦，旺达，必须这样吗？”我痛苦地呻吟着。

“什么，塞弗林？你在说什么？”

“难道你不再爱我了吗？”我继续说下去，“难道你对我没有一点的同情吗？难道那个英俊的陌生人已经完全占据你的心了吗？”

“我不能对你撒谎，”停了一会儿后，她轻轻地回答，“他对我有一种说不出的吸引力，这种吸引力压过我从中所遭受的折磨和担忧。这种吸引力原来我只在书中见过，在舞台上看过，我原以为它只是一种想象虚构出来的感觉。哦，他像是一头公狮子，强壮、英俊并且温柔，不像我们北方男子那么残酷。对不起，塞弗林，真的对不起，但我必须拥有他。我在说什么呢？如果他要我的话，我会愿意跟他在一起的。”

"想想你的声誉,旺达,到此为止还那么的纯洁,"我大叫,"甚至我对你来说已经不算什么了吗?"

"我正在考虑这个问题,"她回答道,"我的愿望已经变得越来越强烈,我希望——"她把头埋进枕头里,"我希望成为他的妻子——如果他愿意娶我的话。"

"旺达,"我哭喊着,被致命的恐惧牢牢揪住,不能呼吸,身上完全没有任何感觉,"你想成为他的妻子,永远属于他!噢!不要赶我走!他不爱你——"

"谁说的?"她咆哮道。

"他真的不爱你,"我激动地说下去,"但我爱你,我仰慕你,我是你的奴隶,我愿意让你踩在脚下。我这一生都愿意陪伴在你左右。"

"到底是谁说他不爱我的?"她猛然打断我。

"是我!"我回答,"是我!没有你,我根本没法活下去。你发发慈悲吧,旺达,发发慈悲吧!"

她看着我,脸上再次现出冷漠的表情和邪恶的笑容。

"你说他不爱我,"她轻蔑地说,"那么好,你就把这当做是给自己的安慰吧。"

说完,她转向另一边,背对着我。

"我的天啊,你难道是个冷漠无情、没有血肉的女人吗,难道你没有心吗!"我哭喊道,我的胸口一阵痉挛,抽搐着。

"你是知道我的,"她冷冷地回答我,"我是个石头一样的女人，'穿着裘皮的维纳斯'，你的理想情人，跪下！向我乞求。"

"旺达！"我乞求道，"对我发发慈悲吧！"

她开始笑了起来。我把脸埋在她的枕头里。痛苦已经打开了泪水的闸门，眼泪不停地肆意地流着。

接下来的一段时间我们都没有说话，沉默着。旺达慢慢地站起来。

"你真烦人！"她又开口说话了。

"旺达！"

"我累了，我要去睡觉了。"

"发发慈悲吧，"我乞求道，"不要将我赶走。没有人，没有一个人会像我这么爱你。"

"让我去睡觉。"她再次转过身去。

我跳了起来，将挂在她床边的匕首抢了下来，从刀鞘中抽出匕首，对着自己的胸膛。

"我该在你面前自杀。"我苦涩地咕哝着。

"随你的便，"旺达冷漠地回答，"但是不要影响我睡觉。"她打着呵欠，"我真的很困了。"

我完全呆掉了，站在那儿一动不动。然后我开始又笑又哭。接着，我把匕首插在皮带上，跪到了她面前。

"旺达，听我说，就一会儿。"我恳求她。

"我想睡觉，你没有听到吗！"她生气地尖叫起来，用脚狠命地将我踢走，"你忘了我是你的主人了吗？"看我一动不动，她抓起了鞭子，抽打我。我站了起来，她继续打我——这一鞭，打在了我脸上。

"可恶的奴隶！"

我紧握住拳头，突然下定决心，离开了她的卧室。她将鞭子扔在一旁，大笑了起来。我可以想象到我夸张的表情有多么的滑稽。

我下定决心要离开这个无情的女人，她对我那么残忍，还要破坏我们之间的约定背叛我，这就是我对她奴隶般的崇拜的回报，这就是我忍受着她的折磨的回报。我收拾了我的那点家当，然后写了封信给她：

夫人：

我爱你爱到疯狂的程度，没有一个男人可以像我这样受控于一个女人之下。而你侮辱了我最神圣纯洁的感情，和我玩了一场无礼轻佻的游戏。然而，如果你只是对我残忍，我还可能仍然爱着你。但现在你变得低级、粗俗。我就不再是那个任你打任你踢的奴隶了。是你自己给了我自由，我现在要离开你这个让我只怀有怨恨和鄙视的女人。

塞弗林·库什弥斯基

我将信交给黑人女仆，然后逃得能有多快就有多快。我上气不接下气地到了火车站。突然我心中一阵疼痛，于是停了下来。我开始哭泣。我想逃离这里却走不了，真是太羞愧了。我该去哪里呢？回到她那儿？这个我憎恨又爱慕的女人那儿？

　　我又停住了。我不能回去，不敢回去。

　　但现在我怎么才能离开佛罗伦萨呢？我想起我没有钱，一个子儿都没有。那么，步行好了，做一个诚实的乞丐总好过吃面包的妓女。

　　但我还是不能离开。

　　她那儿还有我的誓言，还有我以名誉立下的声明呢。我必须回去。也许她会放我走。

　　快走了几步，我又停下了。

　　她拥有我的声明和合同，只要她愿意，我就必须一直做她的奴隶，直到她给我自由的那天。但是我可以自杀啊。

　　我穿过卡希纳走到亚诺河边。在这儿，黄色的河水单调地拍打着旁边一排杂乱的柳树。我坐在那儿，最后回忆一下过往的生活点滴。生活中的一幕幕场景在我眼前一一飞过。我发现我的生活是多么可怜啊——欢乐那么少，而无穷无尽的是那些无关痛痒和毫无价值的事情。在这些事情中只收获了许多的痛苦、不幸、恐惧、失望、破灭的期待、苦恼、伤心和悲痛。

我想到了母亲。我那么爱她，但却不得不眼睁睁地看她在疾病中慢慢死去。我想到了我哥哥，还没有尝到生活的滋味，他就在风华正茂的年纪离我而去了。我想起那死去的保姆，我童年的玩伴，和我一起努力奋斗一起学习的朋友。但他们——他们已经被冷冰冰的毫无生气的泥土所掩埋了。我想起我的斑鸠，它经常咕咕地对我点头，而对其他人却从不这么做。但他们都化为了尘埃。

我大笑着，跳入了河里，但同时我也抓住了一条挂在黄色的河面上的柳树枝。这时，我看见那个造成我现在所有不幸的女人。她遨游在河面上，在阳光的照耀下，仿佛是个透明人，红色的光亮环绕着她的头和脖子。她转过头来冲我笑了。

我又回来了，浑身湿漉漉的，身上的水一直往下滴，因羞愧和发烧而浑身滚烫。黑人女仆已经将我的信递给旺达了。所以我等待着这个无情的愤怒的女人的判决。

那么，就让她来杀了我吧，虽然我自己下不了手，但是我也不想再活下去了。

当我绕着屋子走的时候，她站在走廊里，斜靠着栏杆。她的脸上光彩照人，绿色的眼睛扑闪扑闪的。

"还活着呀？"她一动也不动地问。我低着头，站着不说话。

"把我的匕首还给我，"她接着说下去，"它对你来说是没有用的。你甚至没有勇气结束自己的生命。"

"已经丢了。"我回答道，因寒冷而瑟瑟发抖。

她瞥了我一眼，骄傲而轻蔑。

"我猜是掉到亚诺河里了，"她耸耸肩，"不要紧的，那么你为什么不离开了？"

我咕哝着说了一些，她，甚至是我自己都不明白在说些什么。

"哦！你没有钱，"她大叫，"这儿！"她非常轻蔑地将钱包丢给我。

我并没有捡起来。

我们俩僵持了一会儿。

"难道你现在不想离开了？"

"我不能离开。"

旺达驾车到卡希纳并没有叫上我，去剧院的时候也没有叫上我，她有客人来的时候，黑人女仆招待着。没有人问起我。我在花园中流浪，漫无目的地，就像是宠物失去了主人。

我躺在灌木丛中，看着成群的麻雀，抢食一粒种子。

突然，我听到女人裙子的沙沙声。

是旺达穿着的一件高领深色绸缎裙子所发出的声音，那个希腊人跟她在一起。他们愉快地讨论着，但我却听不清他们讲的是什么。他使劲跺脚，让沙砾四溅，拿着鞭子在空中飞舞。旺达惊呆了。

她担心被他鞭打吗？

他们交往得那么深了吗？

他离开的时候，旺达叫他，但是他没有听见，也许是故意不想听见。

旺达难过地低着头，然后坐在附近的石椅上。她坐了好长时间，陷入了沉思中。我得意地观察着她，最后我猛地靠近她，轻蔑地走到她面前。她被吓到了，浑身颤抖。

"我来向你表示祝贺，"我说完，向她鞠了个躬，"我看见，我亲爱的主人也找到了个主人。"

"是的，感谢上帝！"她大叫，"不是个新的奴隶，我已经有足够多的奴隶了。一个主人！女人需要一个令她崇拜爱慕的主人。"

"旺达，你崇拜他？"我喊出来，"这个野蛮人——"

"是的，我爱他，我从来没有这么爱过一个人。"

"旺达！"我握紧拳头，泪水充满眼眶，我内心交织着激情与疯狂，"非常好，让他做你的丈夫，做你的主人吧，但我还是想永远做你的奴隶。"

"甚至是这个时候，你还是想做我的奴隶？"她说，"这会是很有趣的，但是我担心他不会允许这样做的。"

"他？"

"是的，他已经嫉妒你了，"她大声说道，"他嫉妒你！他要求我立即解雇你，当我告诉他你是谁的时候——"

"你告诉他——"我重复她的话，像是被雷电击到了一样呆住了。

"我将所有事情都告诉他了，"她答道，"我们所有的事情，还有你的古怪，所有一切！而他并没有感到有意思，而是非常生气，气得直跺脚。"

"他威胁要鞭打你吗？"

旺达看着地板，沉默不语。

"是的，一定是这样，"我嘲讽又苦涩地说道，"旺达，你怕他！"我跪在她脚边，激动地抱着她的膝盖，"我不要得到你的任何东西，我只想成为你的奴隶，总在你的身边，成为你身边的一条狗——"

"你知道吗，我已经对你厌倦了。"旺达无情地说。

我跳了起来。我整个内心在沸腾。

"你现在不再残酷，而是低俗了。"我清楚地强调着每一个字。

"你已经在信里很清楚地说明了，"旺达回答，耸了耸肩，"一个有头脑的人不应该重复的。"

我脱口而出："你现在对待我的方式，你怎么说？"

"我可以惩罚你的，"她讽刺地说，"但是这次我更愿意跟你解释而不是鞭打你。你没有权利指责我任何事情。难道我不是一直对你很诚实？难道我没有不止一次地警告你？难道我没有全身心地爱你，充满激情地爱你？我曾经告诉过你，在我面前贬低你自己，说你受控于我是很危险的，而我想要的是被征服，我并没有隐瞒过这些事实。但是你还是希望成为我的玩物、我的奴隶！你发现最令你兴奋的是靠在一个傲慢冷酷的女人脚边，受她鞭打。现在你还想知道些什么？

"我体内危险的因素一直在沉睡状态中，但你是第一个将它唤醒的人。如果我在折磨你、虐待你中获得快乐，这也是你的错。是你让我变成今天这个样子，你责怪我只是因为你怯懦、软弱、悲惨。"

"是的，我有罪，"我说，"但是我也因此而受到惩罚了。现在让我们为这个野蛮的游戏做一个了结吧。"

"这也是我的意愿。"她用一种难以捉摸的眼神看着我，回答道。

"旺达！"我猛地大叫出来，"不要逼我走上绝路，你看我已经又是个男人了。"

"你就像稻草烧的火，"她回答，"一时能引起些骚动，但是很快会熄灭。你想象着能威胁我，却只是令你自己更显得可笑。如果你是我原先认为的那种人——认真、有内涵、严厉的男人，那么我会对你忠诚，真心爱你，但是一个像你这样主动将脖子伸给别人踩，她当然将你当做是个受欢迎的玩具，只是当她玩腻的时候，就会将你丢在一边。"

"你就试着将我踢开吧，"我讽刺地说，"有些玩具也是危险的。"

"不要向我挑战！"旺达嚷道。她气得瞪大眼睛，满脸通红。

"如果你不能成为我的，"我继续说下去，声音里充满了愤怒，"也没有其他人能拥有你。"

"这句话是哪部戏里面的台词？"她嘲笑道，揪住我的胸膛，气得脸色发白。"不要向我挑战，"她接着说，"我并不残酷，但我不知道我会变成什么样，是不是有什么底线。"

"还有什么比让他成为你的爱人，你的丈夫更糟的呢？"我大叫，越来越愤怒了。

"我可以让你成为'他'的奴隶，"她立刻回答道，"难道你不是在我的控制之下吗？我不是还拿着你的合同吗？但是，当然，如果我将你绑住，然后对他说：'你可以做你想做的事情。'你将同样享受在其中。"

"你疯了吗？旺达！"我大声嚷道。

"我完全清醒。"她冷静地说，"我最后一次警告你，不要试图反抗。一个像我这样走到今天这个地步，走得这么远的人，是很有可能走得更远的。我心里有些憎恨你。希望看着他将你鞭打得死去活来，那会很过瘾。但我还是忍住没有这么做，不过——"

我几乎丧失了理智！我抓住她的手腕，将她压到地上，让她跪在我面前。

"塞弗林！"她叫喊道，愤怒和恐惧交织在脸上。

"如果你和他结婚，我就杀了你。"我威胁道，从胸口蹦出来的这些话低沉又嘶哑，"你是我的，我不要让你走，我太爱你了。"然后我一把抓住她，紧紧抓住她，我的右手不自觉地抓起藏在皮带下的匕首。

旺达瞪着大眼睛，冷静地深不可测地看着我。

"我喜欢你这个样子，"她不经意地说，"现在你是个男人，在这一刻我真喜欢你的样子。"

"旺达！"我喜极而泣，低下头，亲吻着她可爱的脸庞，而她突然快乐地笑了起来，说道："你已经找到你的理想情人了吧，那么你对我满意吗？"

"你的意思是？"我结结巴巴地说，"你不是认真的吧？"

"我是非常认真的。"她欢快地继续说，"我爱你，只爱你。而你这个小傻瓜，居然没有注意到这一切只是个游戏。让我鞭打你是多么为难的一件事呀！我宁愿把你抱在怀里，亲吻你的脸。但是现在我们已经经历得够多了，不是吗？我扮演的残酷角色比你预想的还要出色。现在你一定很满意我这个富有魅力的小妻子，不是吗？我们将像理智的人一样生活着——"

"你愿意嫁给我！"我欢呼起来。

"是的——嫁给你——这个可爱的男人。"旺达轻声地说，亲吻着我的手。

我将她拉近我的胸前。

"现在，你不再是格列高，我的奴隶了。"她说道，"而是塞弗林，我唯一爱的男人——"

"那么那个希腊人呢？你不再爱他了吗？"我兴奋地问她。

"你怎么会相信我爱上了他那种野蛮类型的男人呢？你真是瞎了眼了。我真为你担心。"

"我几乎为此而自杀。"

"真的？"她惊呼，"啊！我一想到你在亚诺河里，就浑身颤抖。"

"但是你救了我，"我温柔地回答，"你徘徊在河面上，微笑着。你的微笑让我重回人世来。"

当我将她抱在怀里的时候，我有一种奇怪的感觉。现在她静静地靠在我胸前，微笑着让我亲吻。我感觉自己突然间从精神错乱中清醒过来，或者是像遭遇海难，在海上与波浪搏斗了好多天的人，最后终于安全上岸了。

"我讨厌佛罗伦萨，在这里你过得很不开心，"当我跟她道晚安的时候，她这么说，"我想要马上离开，明天就离开。请你为我写几封信，在你写信的时候，我去城镇上与他们道别。这样安排你满意吗？"

"当然，我亲爱的，美丽的妻子。"

今天一大早，她便来敲我的门，问我睡得好不好。她的善良体贴真是太棒了！我从来没有想过她有这么温柔。

她已经去了四个小时了，我早就写完了信，现在正坐在走廊，往街上张望，寻找她的马车。我有点担心她，但是我不知道究竟是该怀疑还是恐惧。但是，有种压抑的感觉藏在心底，我没有办法摆脱它。也许过去那段遭受痛苦的日子，已经在我心里留下了阴影。

她回来了，神采奕奕，非常满意的样子。

"那么，一切都如你所愿？"我柔声地问，亲吻她的手。

"是的，亲爱的，"她回答，"我们今晚就离开，帮我打包东西吧。"

快到傍晚的时候，她让我亲自到邮局一趟，把她的信寄了。我驾着她的马车去，一个小时还不到就回来了。

"主人在叫你。"黑人女仆说完，咧开嘴笑了。我爬上宽阔的大理石台阶。

"还有其他人在吗？"

"没有了。"她回答道，像一头黑色的猫蜷缩在台阶上。

我慢慢穿过客厅，走到旺达的卧室前。

为什么我的心跳得这么厉害？难道我还不够幸福？

我轻轻地打开门，掀开门帘。旺达正靠在沙发上，好像没有注意到我进来了。她看上去多么漂亮啊，穿着银灰色的裙子，正好合身，突出她完美的身材，丰满的胸部和美丽的手臂都露了出来。

她的头发用一条黑色的天鹅绒丝带扎了起来。火炉里的火烧得很旺，悬挂着的油灯发出红色的光芒，整个房间好像笼罩在血光之中。

"旺达。"最后，我叫了她。

"噢！塞弗林，"她见到我高兴地叫了起来，"我已经等你等得不耐烦了。"她跳了起来，紧紧抱住我。她又坐回垫子上，试图再次抱住我，但是我轻轻地滑落到她脚边，头靠在她的大腿上。

"你知道我今天有多么爱你吗？"她轻声说，拨开我前额上的几绺儿头发，亲吻着我的眼睛。

"你的眼睛多么美啊！我最喜欢你的眼睛了，它们今天真令我陶醉。我完全——"她舒展着美妙的四肢，从红色的睫毛下温柔地看着我。

"而你，你对我太冷淡了，你抱着我就像是抱着块木头一样。等等，我要激起你爱的火花，"说完，她再次温柔地亲吻了我的唇。

"我不再讨好你了，我猜想我必须再对你冷酷。很显然，我今天对你太好了。你知道吗，你这个小傻瓜，我该怎么做呢，我该再鞭打鞭打你——"

"但是亲爱的——"

"我想要嘛。"

"旺达！"

"过来，让我把你绑起来，"她高兴地在房间里跑来蹿去，"我想看你真正沉醉在爱中，你明白吗？这是绳子。我想知道是否我还能这么做。"

她开始捆住我的脚，然后将手绑在背后，像绑犯人一样捆住双臂。

"试试，"她兴高采烈地说，"你还能动吗？"

"不行了。"

"好的——"

然后，她用一根结实的绳子做了个绳索，套住我的头，然后拉到臀部上，她绑得很紧，我被结结实实地绑在柱子上。

在那一刻，有一种莫名的恐惧侵袭了我。

我低沉地说："我有一种好像要被处决的感觉。"

"那么，你今天就要经历一场彻底的惩罚。"旺达叫着。

"请穿上你的裘皮外套。"我说。

"我很愿意这么做。"她回答完，便将外套穿上了。然后她站在我面前，双手交叉在胸前，用半闭的眼睛看着我。

"你还记得那个戴奥尼夏公牛的故事吗？"她问道。

"我只有模糊的印象了，讲的是什么？"

"一个奉承者为锡拉丘兹暴君发明了一种新的折磨工具，叫铁牛。那些死刑犯被关到铁牛里面，然后再推进一个火炉里。

"当铁牛一开始变热的时候，受刑者就开始痛苦地哭喊求饶，他的声音听起来像是公牛的叫喊声。

"戴奥尼夏对这个发明者优雅地点了点头。为了给这个发明做个实验，他便被关进铁牛里。

"这是个非常有教育意义的故事。

"是你挖掘了我的自私、骄傲和残酷，而你——也将成为第一个试验品。我现在享受着这种控制着一个像我一样会思考、有感觉、有欲望的男人的感觉。我喜欢虐待一个智商比我高、身体比我壮的男人，尤其是这个男人还爱着我。

"你还爱我吗？"

"爱到发疯！"我大叫道。

"这样最好，"她回答道，"你将会从我现在所要做的方式中享受到更多的乐趣。"

"你怎么了？"我问，"我不明白，今天你的眼睛里有着真正残忍的光芒，你今天出奇的漂亮，完全就是一个'穿裘皮大衣的维纳斯'。"

旺达没有回答我，她把双臂绕在我脖子上，亲吻着我。我再次被心里的激情所围绕着。

"鞭子在哪里？"我问道。

旺达大笑了起来，退后好几步。

"你真的希望被鞭打？"她骄傲地甩了甩头，问道。

"是的。"

突然旺达的脸完全变了样。她的脸上充满了怒气，那一刻，她看起来甚至很丑陋。

"非常好，那么，'你'出来鞭打他！"她大声嚷道。

在这时候，那个英俊的希腊人从她床后的门帘中探出头来，他有着一头黑色的卷发。最初的时候，我惊呆了，根本说不出话来。这真是个滑稽的场面。我大笑起来，我从来没有这么凄惨过，这么受侮辱过。

这种场面大大超过我所想象的。当我的情敌从旺达的床边走过来，穿着马靴，白色紧身的马裤，还有天鹅绒短外套时，我还看见了他运动员般的肌肉，一阵寒意从后背蹿了上来。

"你真的很残忍。"他转过去跟旺达说。

"我只是非常喜欢找乐子而已，"她幽默地回答，"只有快乐才能体现存在的意义。享受生活的人很难离开生活的圈子，而遭受痛苦的人则像是欢迎朋友一样欢迎死亡的到来。

"但是，一个追求快乐的人必须快乐地生活，就像古代世界一样；他敢于把快乐建立在别人的痛苦之上，他从来都不为此觉得抱歉，他必须像套动物一样将其他人套在马车或是犁上。他必须知道如何使奴隶感到并享受和他一样的感觉，如何让奴隶为他服务，让他取乐而他却毫无良心上的不安。不管奴隶是否喜欢，是否走向绞刑架或者走向死亡，都不关他的事。他必须牢记如果他在他们的控制之下，那么他的下场也会跟他们一模一样，为了他们的快乐，必须流血流汗甚至是出卖灵魂。这就是古代世界的写照：快乐、残忍、自由、奴役总在交替着。如果你希望像奥林匹亚山上的诸神那么活着的话，就必须有奴隶，任他们随意扔入鱼塘，有角斗士，任他们观看比赛，在宴请宾客时，他们不介意是否会在宴会上看到血光四溅。"

她的话语让我的神志清醒了。

"给我松绑！"我生气地尖叫道。

"难道你不是我的奴隶，我的私有财产吗？"旺达回答说，"你想让我给你看看合同吗？"

"给我松绑！"我威胁道，"否则——"我用力拉扯着绳子。

"他能扯开吗？"她问道，"他威胁要杀我。"

"不用担心。"希腊人扯了扯绳子的松紧，说道。

"我会喊救命的。"我又开口威胁。

"没人会听见的，"旺达回答，"没有人能够阻止我虐待你最圣洁的感情，和你玩一场轻佻的游戏。"旺达用魔鬼般讽刺的口吻说着我信上的语句。

"此时，你觉得我仅仅是残酷无情还是我变得低俗了？什么？你还爱着我吗，还是已经恨我，鄙视我了？鞭子在这儿——"她将鞭子递给希腊人，那个希腊人快步走来。

"你敢！"我大叫，浑身愤怒颤抖着，"我不允许——"

"噢！因为我没有穿裘皮吗？"希腊人嘲笑我，他从床上拿起短的貂皮外套穿上。

"你真是令人敬佩。"旺达吻着他，帮他穿上他的裘皮衣服。

"我真的可以鞭打他吗？"他问。

"你尽管打。"旺达说道。

"禽兽！"我大叫着反抗。

这个希腊人用冷冷的老虎式的眼神注视着我，试了试鞭子。在他收回鞭子的时候，手臂上的肌肉鼓了起来，鞭子在空中嘶嘶作响。我像玛绪阿斯一样被绑着，等着阿波罗的鞭打。

我的眼睛环顾四周，然后停在天花板上，画里参孙躺在黛利拉脚下，眼睛就要被菲利斯人弄瞎了。在当时，这幅画对我来说就是个象征，一个有关激情与欲望的象征，一个男人和女人之间的爱的象征。"每个人最后都会变成参孙，"我想，"不论是好是坏，无论穿着普通衣裳还是貂皮外套，最终都会被他所爱的女人背叛的。"

"现在看我怎么收拾他。"希腊人说，他龇牙咧嘴，脸上显现出一种残忍的表情，就是第一次见到他时让我恐惧的那种表情。

他开始挥动着鞭子，那么无情，那么凶狠，每抽一下我都颤抖着，而且整个身体因为疼痛而战栗。眼泪忍不住流了下来。同时，旺达穿着裘皮外套，靠在沙发上，用手撑着身体。她好奇地看着这残忍的场景，纵情大笑。

被胜利的情敌在自己爱慕的女人面前鞭打，这种被虐待的感觉真不知该如何形容。我几乎羞愧绝望得快要疯了。

而最令我感到羞愧的是，尽管我的处境非常令人恐惧——阿波罗还在鞭打我，我的维纳斯在残忍地嘲笑我，最初我还是感觉到了一种超越感觉的美妙。但是阿波罗一下接一下地鞭打我，直到我忘却所有的诗意，最后我咬紧牙关，充满愤怒，诅咒着我那疯狂的想象，诅咒着女人，诅咒着爱情。

突然我清楚恐怖地意识到，自从赫洛夫尼斯和阿伽门农时代开始，盲目的激情和欲望就将人们引向一条黑暗的小路中，引入女人背叛的陷阱中，引向不幸、奴役和死亡。

我仿佛是从一场梦中惊醒过来。

血顺着鞭子流了下来。我像是一条任人践踏的虫子一样受伤，但他还是鞭打着我，毫无仁慈可言，她也毫不同情地继续笑着。那个时候，她甚至去锁上打包好的行李，穿好她旅行时穿的裘皮，并且还在大笑。然后她挽着希腊人的手臂走下楼，进了马车。

之后的一刻，周围一切都是安静的。

我屏息倾听着。

马车门关上了，马儿开始跑了，开始的一小段时间还听得到车轮滚动的声音，后来什么都没有了——什么都结束了。

有一刻，我想着要报仇，将他杀死，但是我还受着那可恶的合同制约呢。所以我除了信守诺言和咬紧牙关，别无他法。

在经历了我人生中最残忍的事之后，我的第一个愿望就是找一份难度较大的，有危险性、剥夺感的工作。我本来想去亚洲或者阿尔吉尔当兵，但是我父亲年老体弱，他需要我回去帮他。

所以我悄悄地回家，两年中都在帮他承担压力，学习怎么照看管理田产，这是我以前从没做过的。我工作着，尽自己的义务，就像是一条进了新鲜水而复活的鱼儿。后来，我的父亲去世了，我继承了他的家业，但这并不意味着对我有什么变化。

我穿上了西班牙式的靴子，继续理性地生活着，仿佛有个老人站在我身后，睁着睿智的大眼睛注视着我。

有一天，我收到个盒子，里面有封信。我认出那是旺达的笔迹。

我莫名地被感动了，打开信，读了起来。

先生：

自从佛罗伦萨的那晚分别以后，现在已经三年过去了，我认为应该向你坦白，我是深深地爱着你的。但是你那些怪异的梦想，你荒唐的激情把我对你的爱给扼杀了。从你成为我奴隶的那一刻起，我就知道你永远都不可能成为我的丈夫。我认为帮你一起实现你的梦想是一件很有趣的事情，在执行的过程中我也享受到了乐趣，然而我还有一个美好的愿望，就是希望这样将你治愈。

我找到了我所需要的强壮的男人，和他在一起我非常幸福，我想每个人都能找到自己的伴侣。

但是所有事情都会有终结的时候，我的幸福也很快就走到尽头了。大约一年前他在一次决斗中倒下，从此以后，我就住在巴黎，过着像阿斯帕西娅一样的生活。

你现在过得怎么样？如果没有被幻想所控制，你的生活应该会充满阳光，你拥有许多优点，正是这些优点吸引着我：条理清晰，心地善良，还有最重要的一点是，道德认真严肃。

希望我的鞭打将你治愈了，这种治疗方式虽然残忍，但却很有效，你会记得曾有一个女人深深地爱过你，我把那个可怜的德国人画的肖像送给你。

穿裘皮大衣的维纳斯

我不得不笑了，因为我完全陷入沉思的时候，这个穿着装饰了貂皮的天鹅绒夹克的漂亮女人突然站到我面前，手里还拿着鞭子。我冲着这个我深爱过的女人微笑，她的毛皮大衣曾给我带来愉悦，她的鞭子也是。最后，我在自己的伤痛面前微笑，我对自己说："治疗方法虽然残忍，但是很有效果。关键是，我痊愈了。"

"那么，故事的寓意是什么？"我问塞弗林，把草稿放到桌上。

"寓意就是我像头蠢驴一样笨。"他嚷道，并没有转向我，他似乎很尴尬，"如果我鞭打她就好了。"

"这倒是一种有趣的办法。"我回答，"你可以用在你的农奴姑娘身上。"

"哦，她们已经习惯了。"他急切地答道，"但是想象一下在娇弱、精神紧张、情绪激动的女士身上使用会有什么效果。"

"那么寓意是什么？"

"女人，就像大自然创造了她们，男人生来教育她，是男人的敌人。她只能成为他的奴隶或暴君，但不会成为他的伴侣。只有当她与男人有相同的权利，在教育和工作中相互平等的时候才能成为伴侣。"

"现在，我们只有选择做铁锤或是铁砧。而我就是那种让女人把他当奴隶的蠢驴。你明白吗？"

"故事的寓意是这样的：不管谁愿意让别人鞭打，那么他就真的值得别人鞭打。"

"正如你看见的，这些鞭打很适合我。玫瑰色的迷雾已经散去，没有人令我相信'贝拿勒斯神圣的猴子'[1]或者'柏拉图的公鸡'[2]是神的化身。"

---

[1] 译者注：叔本华用来形容女人的一个称呼。

[2] 译者注：柏拉图曾将人定义为"长着两条腿的没有羽毛的动物"，于是戴奥真尼斯提着一只拔了毛的鸡来到柏拉图学院门口，高呼："这就是柏拉图所定义的人。"

利奥波德·范·萨克－马索克生平简介

海弗洛克·艾利斯

利奥波德·范·萨克－马索克 1836 年出生于加利西亚的伦贝格。他有着西班牙、德国以及斯拉夫血统。据说其家族的开创者名叫堂·马提亚·萨克，这位年轻的西班牙贵族在十六世纪的时候定居到布拉格。小说家的父亲曾是伦贝格的警察长官，母亲夏洛特·范·马索克则是一位有着贵族出身的俄罗斯女士。小说家本人是家中的长子，在父母婚后的第九年出生，幼年时曾因体弱多病而被认为不可能活下来。然而，在母亲将他交由一位健壮的俄罗斯农妇哺养之后，他的身体状况开始好转。马索克后来说，从这位农妇那里他获得的不仅是健康，还有他的"灵魂"；从她那里，他听到了俄罗斯民族那些奇怪而又忧郁的传说，并且终其一生都怀抱着对俄罗斯的热爱。还是个小孩子的时候，萨克－马索克就目睹了 1848 年大革命的血腥场面。十二岁的时候，马索克全家移居到布拉格，在那里，这个早熟的孩子才第一次接触到了德语，并且熟练地掌握了这门语言。在很早的时候，他就发现了使他日后的小说与众不同的那种氛围以及一些尤为个性化的元素。

　　探究那些强烈影响了他在有关于性方面奇特想象力的启蒙元素会是一件令人很感兴趣的事情。还是个孩子的时候，他就被那些表现残酷野蛮的事物所吸引，他喜欢凝视描绘行刑场面的画作，关于殉教者传奇的作品是他最爱的读物，并且在青春期开始的时候，他就时常梦到自己被枷锁束缚，处在一个折磨他的粗鲁女人的掌握之中。根据一位匿名作者的说法，加利西亚的女人们要么彻底奴役他们的丈夫，要么自己就沦为悲惨的奴隶。而据谢里切特格罗的记述，十岁的利奥波德就曾目睹过某位泽诺比亚伯爵夫人——来自他父亲方面的一个亲戚——扮演了前者的角色，这一场景也在他的脑海中留下了难以磨灭的印记。伯爵夫人是个美丽而放荡的女人，小马索克仰慕她，对她的美貌和她所穿着的昂贵的裘皮大衣印象深刻。她也接受了他的爱慕和一些小殷勤，有时候还让他帮着穿衣打扮。一次，当他跪在她前面为她穿上貂皮拖鞋的时候，忍不住亲吻了她的脚，伯爵夫人笑了，踢了他一脚，这让马索克感到很大的愉悦。而不久之后发生的一幕则更是深深地影响了马索克的想象力：当时他正和妹妹们玩捉迷藏，他把自己藏在伯爵夫人卧室的衣架后面；而此时伯爵夫人突然回来并上了楼，后面跟着她的一个情人。小马索克吓得躲着不敢发出声响，只是看到伯爵夫人坐到沙发里开始爱抚她的情人。可是过了一会儿，伯爵和两个朋友冲了进来，然而在他决定要先质问谁之前，伯爵夫人就已经站了起来，狠狠地在他的脸上揍了一拳，打得伯爵倒退几步，鲜血直流。然后她又抓起一条鞭子，把三个人都赶出了房间，在一片混乱当中，伯爵夫人的情人也溜掉了。正在这个时候，衣架倒了，马索克暴露在伯爵夫人的面前。怒气冲冲的伯爵夫人于是开始拿他发泄怒气，将他摔倒在地上，用膝盖压着他的肩，毫不留情地抽打他。虽然很疼，但是他却从中体验到了一种奇怪的愉悦。而在伯爵夫人责打他的过程中，伯爵也回来了，他不再带着愤怒，反而像个奴隶般的顺从与谦恭，跪在她面前乞求原谅。在马索克被允许逃开的时候，他看到伯爵夫人正在踢打伯爵。小马索克难以抵挡窥探的想法，但是门已经关上了，他什么也看不见，但他却听见了鞭子的声音以及伯爵在她妻子鞭打下的呻吟。

无须强调这个场景对于一个敏感而特别的孩子的影响，我们从中已经找到了塑造萨克－马索克作品的那些情感态度产生的关键因素。正如他的传记作者所论及的，在他大部分的生命当中，女人都是一种会立即引发爱慕与憎恶的生物，魅力和残忍让她们可以随意将男人践踏在脚下。在他第一部关于波兰革命的非常重要的小说《艾米沙》当中，他给女主人公融入了泽诺比亚伯爵夫人的性格特征。甚至萨克－马索克最喜欢的情感符号——皮鞭和裘皮大衣，都可以在这段早期的经历中找到解释。他习惯于这样说一位有魅力的女性："我会喜欢看她穿着裘皮大衣的样子。"而对一位没有魅力的女性他则会说："我无法想象她穿裘皮大衣的样子。"他的书写纸曾一度装饰着一个穿着俄国贵族服饰的形象，这个人物的外衣有着貂皮纹路，手中还挥舞着鞭子。他喜欢悬挂在墙上的图片都是那些穿着裘皮大衣的女人，模仿荷兰画家鲁宾斯慕尼黑画廊中的作品风格。他甚至在书房的长软椅上也会放一件女士的裘皮斗篷以便可以不时抚摸，他的大脑似乎由此可以接收到和席勒在腐烂苹果味道中找到的同样的刺激。

　　十三岁的时候，年轻的萨克－马索克经历了 1848 年大革命炮火的洗礼；被当时的流行运动所感染，他也和一位年轻女士一起保卫了路障，这位女士是他家的一个亲戚，正如他后来喜欢描述的那样，她是一位腰间别着手枪的女战士。然而这只是他教育中的一段小插曲，他用满腔热情继续着他的学业，他父亲的审美品位也为他更高层次的教育提供了帮助。业余戏剧表演是家里人的一项特殊爱好，甚至会上演歌德和果戈理的严肃戏剧，这也有助于培养和引导孩子的品位。然而，也许在他十六岁时，一场悲剧的发生给他带来了严重的影响，第一次为他全面地展现出了现实的生活情景，同时也让他对自己力量的意识开始觉醒。这场悲剧就是他最喜欢的妹妹的突然死亡。他开始变得严肃和安静起来，并一直认为这件悲痛的事情是他人生的转折点。

在布拉格和格拉茨的大学里，他如此热诚地投入到学习中，十九岁时就获得了法律方面的博士学位，之后不久就成为了格拉茨的一名德国历史教师。然而，逐渐地，文学的魅力决定了他的命运，他很快就放弃了教学生涯。他参加了意大利1866年的战争，在索尔菲诺战役中的英勇表现为他赢得了奥地利陆军元帅的勋位。然而，这些事件都只是对萨克－马索克文学生涯的发展产生了微不足道的干扰，他的小说逐渐赢得了欧洲范围内的声誉。

一个更深远的影响已经通过他生活中的一系列爱情插曲崭露头角了。其中的一些插曲是关于轻微的和短暂的人物的，而另一些则是纯粹的幸福的来源，尤其是一些夸张的元素可以吸引他堂吉诃德式的天性时就更加如此了。他的妻子说，他总是渴望在生命中添加一些戏剧性和浪漫的特征，他曾以私人秘书的身份陪一位俄罗斯公主到佛罗伦萨，从而享受了几天甜蜜时光。然而更多的时候这些插曲以欺骗和痛苦收场。在其中一段这样的关系结束之后，他有整整四年都无法从中解脱，于是写作了一些作品将个人经历倾注其中。曾有一次，他和一位美丽迷人的年轻女孩订了婚。然后他在格拉茨又遇到一位年轻女子劳拉·罗梅林，她二十七岁，和母亲住在一起，而且已经和一位手套制造商订了婚。她虽然出身贫寒，没有多少知识并对这个世界知之甚少，但是她有着巨大的与生俱来的才干和智慧。谢里切特格罗把她描绘成散发着自然的迷人魅力的女人，并和小说家有着神秘的关系。她自己详尽的陈述使得这种情况更容易被理解。她是通过给萨克－马索克写信的方式接近他的，为了要回她的一个朋友开玩笑写给马索克的信件，她用了旺达·范·杜娜耶的假名。萨克－马索克在将信件送还之前坚持要求见见写信人，并且由于对浪漫冒险经历的渴盼，他想象她是一位已婚的生活在贵族世界的女人，很有可能是个俄国公爵夫人，她简朴的服饰只是伪装。她并不期望急于揭穿事实，她迎合着马索克对她的想象，因此一种神秘主义的网就此形成了。虽然有时候劳拉·罗梅林维持着这种神秘感并使自己避开他的影响，但是一股强大的吸引力仍然开始在双方之间产生，双方的关系已经成形并且还诞生了一个孩子。他们于是在 1893 年结了婚。然而不久以后，双方都开始醒悟了。她开始在马索克的性格中发现病态、空想以及不切实际的方面；而他也意识到妻子不但不是贵族，更重要的是她决不是一位他想象中高高在上的女主人公。婚后不久，在一次全家人参与的游戏当中，马索克要求他的妻子鞭打他，罗梅林拒绝了，于是他便要求女仆这么做。罗梅林并没有把这件事当真，但是他自己却将这一想法付诸了行动，并且从严酷的折磨中获得了极大的满足。然而，当妻子在事后向他解释说女仆不能再继续留下来时，萨克－马索克又毫不犹豫地同意了妻子的想法，立刻解雇了女仆。但他仍然时不时通过让妻子陷入尴尬或者妥协的境地来寻求愉悦，作为一个正常人，罗梅林无法享受到其中的愉悦。这不可避免地导致了家庭悲剧的发生。他劝说妻子几乎每天都要鞭打他（罗梅林很不愿意这么做），用他自己设计的上面布满了钉子的皮鞭。萨克－马索克发现这种虐待刺激了他的文学创作，这使得他可以在小说中放弃塑造他理想中的征服男性的女主人公形象，因为，正如他对妻子所解释的，当他面对现实的生活时，他自己虚构的梦幻就不再困扰和迷惑他了。然而他还不仅仅满足于此，他经常有一种强烈的想法，希望妻子对他不忠。为此，他甚至在一份报纸上登了一则广告，大意是一位年轻美丽的女性渴望与年轻有活力的男性相识。然而虽然她愿意取悦他，却并不希望做到这种程度。她按照约定去了一家旅馆和一位回复广告的陌生人见面，但是当她向这个陌生人解释她面临的情况之后，他像骑士一般将她送回了家。经过一段时间后，萨克－马索克终于成功地将自己的妻子引上了不忠的道路。他很注意他的妻子在这种场合装扮的细节，当他在门口向妻子挥手告别时，他高喊着：

"我是多么嫉妒他！"这句话彻底地羞辱了他的妻子，从那一刻起，她对她丈夫的爱变成了恨。最终的分开只是时间的问题了。后来，萨克－马索克与赫尔达·梅斯特建立了关系，当他的妻子开始依恋罗森塔尔时，她已经是萨克－马索克的秘书和翻译。罗森塔尔是一个聪明的记者，后来以"雅克·圣塞利"的名字被《费加罗报》的读者所熟知。罗森塔尔意识到了她的痛苦，对她既同情又爱慕。拒绝同丈夫离婚的劳拉·罗梅林后来去巴黎和罗森塔尔住在一起，但萨克－马索克最终还是让她签署了离婚协议。然而，罗梅林声称从未和罗森塔尔发生过肉体关系，后者是个身体虚弱的男人。萨克－马索克和赫尔达·梅斯特走在了一起，他的第一任妻子曾经把梅斯特形容成一位干净、衰老，但又会卖弄风情的老处女，而传记作者则将其描绘为一个多才多艺的文雅女性，她几乎是以一种母爱般的胸怀照顾着马索克。毫无疑问两种描述都是事实。必须注意的是，正如旺达清晰展示的那样，除了他变态的性需求外，萨克－马索克是个善良的有同情心的人，并且对他们最大的孩子关爱有加。奥伦伯格也引用了一位著名奥地利女作家的话来描述他："除了古怪的性行为以外，他是一位和蔼可亲、率真以及富有同情心的人，对孩子们来说也是一个非常仁慈的父亲。"他的需求很少，不喝酒也不抽烟，虽然他喜欢让倾慕的女人穿上裘皮大衣和充满幻想的华丽服饰，他自己的衣着却总是十分朴素。他的妻子引用另一个女人的话，说他天真得像个孩子，顽皮得像个猴子。

　　1883年，萨克－马索克和赫尔达·梅斯特在林德海姆定居，这是一个离陶努斯很近的德国村庄，小说家中意于这个村庄似乎是因为在他自己的小庄园里，有座和中世纪一段悲剧相联系的荒废城堡。在这里，经过了相当漫长的法律上的拖延之后，萨克－马索克终于能和赫尔达·梅斯特合法地生活在一起了；在这里，两个孩子也适时地出生了；在这里，作家相对平静地度过了他的余生。起先，就像往常一样，马索克遭受了农民们的猜疑，然而他逐渐在他们当中获得了巨大的影响力；他变成了这个乡村里的托尔斯泰，变成了村民们的朋友和知己（在他这一时期的作品中可以看到他同样有些托尔斯泰的共产主义想法），而他开创的戏剧演出（他的妻子积极投身其中）也让他家庭的名声散播到了邻近的许多村庄。同时，他的身体状况开始恶化；1894年的瑙海姆之行对他没有任何好处，他死于1895年3月9日。

旺达·范·萨克－马索克的自白

旺达·范·萨克－马索克

引　言

　　1907 年，在巴黎一流的出版商莫居尔公司举办的一次聚会上，一位穿着裘皮大衣的老妇人进入大厅，在接待处说明了自己的身份。她的名字立刻引发了在场人士的骚动，人们议论纷纷："萨克－马索克女士……穿裘皮维纳斯……旺达，这位新娘在她的裘皮大衣下裸露着身躯。"人们充满怀疑地盯着这位传奇般的人物，他们甚至都不知道她还仍然活着——这位老太太灰色的头发从她那顶老旧的帽子下垂散开来；在绒毛消减脱落的旧皮大衣下是她瘦弱的身躯。几十年前，她那前卫奢华的"虐恋"生活方式激发了无数文章和数本作品的诞生，然后她就陷入了贫困和黯淡的窘境。她从手中那个破旧的手提包中取出一打厚厚的手稿，莫居尔公司将会以《旺达·范·萨克－马索克的自白》为题出版这份手稿。

这位本身就是天才作家的女士在嫁给利奥波德·范·萨克－马索克之后的十年中都是生活在公众的眼皮下的，而他的丈夫就是那位受欢迎的富有魅力的作家，他的作品里流露着他的生活方式——"受虐恋"一词正是出自他的名字。利奥波德的畅销小说《穿裘皮大衣的维纳斯》（1870 年）创造了一个行为模板，其影响力一直延续到今天：用来刻画性虐恋"症状"的所有符号都可以在这里找到——迷恋、皮鞭、化妆、穿皮衣的女人、契约、羞辱、惩罚以及永久的反复无常的冷酷外表。那些雇用妓女把自己绑起来鞭打的人一般不会意识到他只不过是在重演利奥波德一百年前描述过的幻想而已。

在他们婚后不久，旺达和萨克－马索克签了一个合约（这份合约由旺达在利奥波德的指导下起草，利奥波德签名）：

如果你像所说的那样爱我，就请在这个合约上签字，承诺你会接受我的全部，并遵守承诺做我的奴隶直到你生命的尽头。你要证明你已准备足够的勇气做我的丈夫，我的情人，以及我的一条狗。你必须完全放弃你自己，保证我是你的全部……你就是我膝下的奴隶，任我对你百般蹂躏，不得有半点反抗，除此之外你一文不值。你必须像奴隶一样为我工作，即使我雍容华贵，你也只能仅得到温饱的满足；如果我对你施虐，得反抗，还要亲吻我践踏你的双脚。除了我以外，你一无所有；我就是你的一切……如果我命令你去做违法的事，你也必须顺从我的意志……如果你不能忍受我的主宰，如果你觉得这些行为不堪重负，那我将不得不置你于死地，因为我是绝对不会还你自由的。

　　这份"合约"——利奥波德那不羁幻想的产物——起草时的社会语境必须引起我们注意，当时女人不被允许拥有自己财产，因而贫穷和困苦便是一个独立女人最为恐惧的事情。利奥波德在遭受鞭打时可能假装是一个受害者，但是其后旺达却仍然是他经济上的玩物。真正的控制——经济以及法律上的——从未逃过利奥波德的掌心；他成功地赢得了他想要的孩子的监护权，而且从未承担过抚养孩子的责任。除却那些虐恋仪式（有人将此解释为某种社会性的过激行为），潜在的权力分配遵循的仍然是既存的社会规则——按照旺达的说法，这些游戏并不是两相情愿的。

　　在她的时代，单身女性想要生存只有两种选择：作为体力劳动者或者作为妓女，然而旺达却以超越时代的见地写了一封关于婚姻制度的起诉书："如果我和萨克－马索克不是在教堂里结婚，而是在公证人面前签下契约……那么我就不光可以避开滑稽的宗教婚姻典礼的闹剧，也可以免受残酷的令人反感的离婚程序的困扰……为什么女性主义运动没有在这里产生影响？为什么它没有触及邪恶的根源，扫除所有已经腐朽的婚姻制度——那些与我们当代的想法和感觉完全对立的东西？或者如果不可以完全清除掉，那么就忽视它也可以啊？……然后事情将会发生改变。女人和男人将不再被法律束缚而只是听从于他们的意志，他们的爱情以及他们的友谊。那些将女性的爱变成责任，将她们变成男人财产的法律将不复存在。"

　　除了是作为那些生存在十九世纪欧洲挣扎着争取独立的女性的一个生动的全景描述，这份自白书中对于事物的细致刻画也很容易给读者留下深刻的印象，特别是那些壮观的旅行和冒险，从谢伏帕夏的城堡到贝尼塔的墓地，再到巴黎上流社会纷扰的生活。社会生活情景以及政治和宗教腐败的讽刺描写到处可见。旺达热衷于观察，她经久不衰的讽刺和幽默以及她对生活追忆的智慧，结合起来共同造就了这个最令人神魂颠倒的故事，就好像一份掀开这个世界面具的社会记录，在这个世界里，男人和女人的关系从来没有发生过太大的变化。

—— V. 维尔安德烈·朱诺

人们不应该用普通的标准

当我爬上通向萨克－马索克公寓的两层楼梯时，我发现自己停在了一个空间很大并有无数房门的地方，我站在那里不知道应该敲哪个门，就在那时，一扇门打开了，他出现在门口请我进去。我很吃惊，因为我原以为他还躺在床上。

他带我穿过一个黑暗的窄小的接待室，那里有一股令人恶心的猫的臭味，然后我们进入了一个堆满了书籍的大房间。巨大的带着绿色灯罩的灯发出摇曳不定的光，他看起来很苍白，但并非是病态。他身穿一身波兰式衣服，这让他在我眼中充满了一种异国的气息。

他看起来情绪很安定，就好像徒劳地寻找却找不到任何可说的似的。一种痛楚的沉寂开始蔓延，然后被我用问候他感觉如何的言语打断。他并没有立刻回答我，而是带我坐到刚才坐的沙发上，自己却依旧站在我面前。他最终说道："你可以看出你的造访将我置于了何种境地。我几乎无法感谢你。""那么我最好还是离开吧。"我笑着对他说。

"哦不！"他叫喊着，双手握紧着跪在我面前，好像要祈祷似的，然后他抬起头看着我。

"但是你是多么的年轻，"他叫喊着，"多么的迷人啊！比我想象的有过之而无不及！我又如何能从如此严肃认真的信中期望到一个如此精致美丽的面庞呢？这是一个多么令人羡慕的惊喜啊！"

他拿起我的双手，开始摘掉我的手套，然后不时亲吻我的双手。我再一次询问了他的病情，他告诉了我许多细节，以至于让我以为肺炎只是一次严重的感冒而已。当他在谈论这件事时是如此严肃与庄重，让我很难报以微笑。

我原本期望扩张他自身的那一部分，然而我毅然地决定在我们的关系中不给那部分留下空间。我已经感觉到了如果它们开始侵占现实生活的话，将为我们两人带来多么大的危险。

他看起来有些细微的失望，并且专心地注意着我，就好像要在我的性格中寻找什么东西似的。然后他对我说："是的，你正如我从你的信中想象到的一样。在你的眼里，我可以找到所有萦绕在我脑海中的公正的和精确的想法，这使我相信它们产生于一位已不再年轻的女人，一个有经验的女人。"

我在他的房间里待了差不多有两个小时，当我离开的时候，我的思绪十分紊乱，我的精神中充满了一种沉重的疼痛的感觉。在和他谈话时，我尽量让自己从他的自负中摆脱出来，并解读出他"文学"语言背后的真相，但是现在每一件事情都让我很糊涂，我已经不再清楚自己到底站在哪里了。

从那天以后，我每周去看萨克－马索克两三次——总是在他的公寓里，他很长一段时间都不敢再出门冒险了。

他给我讲述他的人生，他的旅行以及他的作品。他给我看他收到的工作邀请函，告诉我印刷机里是什么，以及已经出版的作品和不久后即将出版的作品。他还跟我讲了他的家庭：他极其崇拜的母亲，他已经去世的兄弟姐妹，和他很有默契的弟弟查尔斯；然后是他的父亲。他表现出的对他家庭的爱好像在这位老绅士这里消失了，这位绅士从来不是一个慈祥的父亲，也从来不是一个好丈夫。

从他告诉我的所有事情里，我发现萨克－马索克既友好又慷慨，他对穷人和不幸的事情充满了怜悯，对别人的过错和弱点也十分宽容。但是在开始的那段日子里让我十分痛苦的是他对于过去关系的明显的健忘。他非但没有觉得这有何不妥，还认为我很乐于倾听他释放这些记忆。

弗里崔尔夫人曾经这样说过："对像萨克－马索克这样的男人来说，人们不应该用普通的标准来衡量他。"现在，以至未来很长一段时间里，这句话都将触动我们的心灵。

玛　丽

　　我从格雷兹带来了一个年轻的女仆。作为乡村医生的女儿，她认为自己是有教养的，因为她知道怎么用法语说"亲吻手背"。但是她并不愚蠢，她持有着一种像她强壮的身体那样活泼积极的精神。在她的村庄里，她被认为是美丽的，而利奥波德则说在她的性格中有"布伦西尔德"的影子……

　　……夜晚已经够长的了。为了消磨时间，利奥波德让我们扮演"强盗"。强盗就是我自己和玛丽，我们必须追逐他。我不得不借给玛丽一件我的裘皮大衣，自己也穿一件，因为如果没有它们，我们就不能"让人信服"。然后我们便在屋子里展开了一场疯狂的追逐，直到抓住我们的受害人。我们用绳子将他绑在树上，再来决定他的命运。毫无疑问，他将被判处死刑，我们对他哭诉着请求充耳不闻。

　　那时这只是一个游戏，但是有一天利奥波德想让它变得更严肃：他确确实实想得到让他更加痛苦不堪的惩罚。既然我们不能杀害他，他希望至少会被鞭打，而且使用他事先准备好的绳子。

我拒绝这么做，但是他仍不放弃。他发现我的拒绝是如此幼稚，而且他声明如果我不鞭打他，他会让玛丽来打他，因为他能从玛丽的眼中看出她愿意这么做。

　　为了避免这样的事发生，我轻轻地击打了他几下。然而这对他来说远远不够，在我向他保证我不能打得更重之后，他说他极度渴望受到最大力量的鞭打，玛丽在这方面很可能比我做得更好。

　　我离开了房间以便结束这件事情，可是我错了。玛丽用他希望的方式以她最大的体力鞭打了他——即使是在隔壁，我都能清楚地听到他背部被击打的声音。

　　这几分钟对我来说似乎有一个世纪那么长。最后惩罚终于停止了。他走了进来，似乎什么也没有发生似的说道："很好！她打我打得确实很出色！我的背部一定伤痕累累——你根本想象不到那个女孩的臂力有多大。每一次的鞭打，我都会觉得我背部的肉被撕裂开了。"

　　我并没觉得这很有意思，而是保持着沉默。看到我并没有开玩笑的情绪，他问道："你怎么了——你是不是有什么烦心事？"

　　"你被一个女仆鞭打似乎并不是一件体面的事。"

　　"看这里——这件事有什么问题吗？啊——这比表面上所看到的包含了更多的东西。我怎么知道你会嫉妒一个像玛丽这样一个天真的女孩？"

"女仆鞭打主人并不是一件合适的事情。它让我们三个都陷入了一个可怕的难堪境地。而且你不能指望玛丽保守这个秘密，像她这么活泼的人肯定会把事情告诉给她遇到的每一个人的。他们会怎么看待我们？"

"但是我可以禁止她说出去！"

"你不能禁止一个已经鞭打过你的女孩做任何事情。而且，那只会让事情更加复杂。玛丽必须立刻离开我们家。这样我们至少可以停止这个丑闻。"

"说得对。我也这么想过。是的，马上送她离开，越快越好。如果她今晚就能离开那将再好不过了。"

第二天早晨，玛丽搭上了去格雷兹的第一班火车。我找到了一个四十岁的佣人来代替她的工作，一个毫无魅力的人。

凯瑟琳和诺拉

诺拉和凯瑟琳是很不相同的一对。诺拉那天非常有男人味，扮演着"绅士"的角色；她演得很认真，如果不是穿着裙子的话，看起来真的像一个少年。她抽味道辛辣的香烟，总是能看到她手里夹着细长的烟卷；她为凯瑟琳拿着伞，遇到路不平的地方就扶她一下，还用手杖拨开路边的树枝；休息时，她趴在地上，凝视着"爱慕之人"坐在嫩绿的苔藓上。

……这种关系持续了大约一个星期，然后她们突然停止了见面。凯瑟琳的心情很糟糕，她开始责备自己因米诺的病情而和诺拉的关系破裂，米诺不允许她的朋友离开她。凯瑟琳认为米诺是一个"装模作样的人"，她总是多愁善感，因此也比较傻。

我们再也没有见到这两个女孩，也从不知道到底是什么促使她们离开了我们的生活。诺拉和米诺激发了萨克－马索克关于圣母的灵感。

很长时间以后，当凯瑟琳抱怨我的丈夫，我试图为他辩护时，她叫喊道："你没有理由为他辩护——他也没有忠诚于你！"

为了确定她要说些什么，我便说道："他没有。"

"他真的没有吗？当他给米诺写信说他爱她是多么深多么真挚，说他觉得和你在一起是多么不快乐，说他多么想和你分开而和她私奔，说他们可以去德国变成新教徒以便在他跟你离婚后结婚，说他们的经济地位会因他接受一份已经提供给他的工作而得到保障……那不是背叛吗？在你面前，他表现得像和你一天都不能分开似的，然而在他心中他无时无刻不想着离开你。诺拉给我看了那些信，我读了所有的内容，我告诉你一件事情：这两个女孩确实抛弃了他。"

从她说的关于工作的事情上，我知道她说的是真的，因为利奥波德确实商谈过在德国工作的事情，而且我和他是唯一知道这件事的人。

我应该相信什么？

凯瑟琳

当发现被洪水阻挡时，我们已经一起旅行了大约两个小时了。洪水毫不留情地淹没了牧场和农田，直接切断了我们前进的道路。整个夜晚倾盆大雨落在山上，然后洪水从山上喷薄而下，形成了这场洪灾。我们看到在另一边几个人正对着我们打着停止的手势。他们从离我们很远的地方大声喊着，然而洪水的喧嚣让我们无法沟通。

凯瑟琳已经跳了起来，站在马车上，用她闪亮的眼睛观察着前面糟糕的景况。"我们必须过去。"她喊道。

我应声道："当然——我们可不能错过这个淹死自己的完美机会！"

她笑了。

已经开始准备掉头的车夫惊奇地看着我们。他是一位年轻英俊的小伙子，虽然对车马负有责任，但是他也不愿意表现出比女孩子少任何一分的勇气，所以在叫喊声下，他竟然驱车向水中前进。对面的人还在尖叫并疯狂挥舞着他们的臂膀，然而我们俩却冷静地坐在马车里，迎接我们的命运。

很快，车夫开始后悔他一时冲动的决定了。洪水如此猛烈，它将所有的岩石都冲刷而下，被打到腿的马开始恐慌起来；洪水的威力看起来要将整个马车推到，并卷起了巨大的足以将马车陷进去的漩涡。

我们的车夫已不敢再前进了，然而也无法幻想能掉转回头。我们差不多是处在洪水的中心，水位已经到了马的胸口而且正往车厢中渗漏。在另一边的旁观者现在已经呆若木鸡，只是静默地看着我们。

我看着身旁掀起的水浪，突然产生了一种强烈的要将自己扔进水中的想法，而凯瑟琳一把抓住了我，哭喊着："看在上帝的分儿上，旺达，不要再看水浪了——你会晕的。看看天空然后闭上你的眼睛。"她紧紧地用手臂挽着我，把我拉近。在我的大脑开始眩晕的那一刻，能够感到有双强壮的胳膊环抱着自己真是太好了。

同时，在另一边的人已经在估测着危险并决定伸出援助之手了。他们是一群穿着高筒靴的磨坊工人。他们慢慢地前进，试着靠近我们，用竹竿谨慎地探测着水深。他们刚靠近我们就开始辱骂车夫，叫喊着说如果车夫自愿冒这个险，那毫无疑问他的马是偷来的。而对我们，他们十分好奇地看着我们，带着一点厌恶——我们是不是在用我们的愚蠢强迫他们来救援？

凯瑟琳向他们笑了笑，并开始用她磕磕巴巴的德语跟他们讲话。不久他们就被征服了，他们的疑惑也烟消云散了，并且还对这位身处危险却还开心地坐在车中毫无恐惧的来自异国的女孩子投以倾慕的眼光。

其中一个年轻人驱赶着马，而另两个爬上了马车的踏板以便和水流相抗衡来稳定马车，最后我们终于到了安全的地方。

凯瑟琳跟他们握了手，给了他们一份大方的报酬。我觉得他们可能会为了她再把自己扔回到水里，他们看起来是如此高兴。当凯瑟琳跟他们挥手告别时，他们一直站在那里，眼神跟随着我们。她自己已经高兴坏了：这样的冒险让她无比高兴。她甚至希望每天都有一个类似的经历，因为这是一种真正的生活，而且她希望活着……活着……

她对我说："只是因为你才让我害怕了一会儿，如果你掉下去，你将会很快被可怕的洪水淹没的。"她很高兴自己将头从马车中探了出去，因为这成了她勇敢的证据，她理智的证据——还有她不顾生命的证据。

"如果我能够亲吻我自己，我就会这么做——我对自己是如此满意！"

仆 人

　　为了彻底地保持他作为奴隶的角色，萨克－马索克扮演了陪伴美丽女人出国的仆人。从他一身波兰民族的装束中可以看出他喜欢成为一个侍从。当她旅行坐在头等舱时，他会待在三等舱；他会把她的行李带到马车上，然后紧挨着马车夫坐下来；而当她出外参观时，他会和其他的仆人一起在接待室等待她。

　　帕尔夫人已经选了演员塞弗林作为这个游戏中的搭档。在这三个人物之间发生了许多令人愉快的场景。塞弗林并没有怀疑藏在他所受到的好意后面的秘密动机。他的确发现他心爱女人的仆人频繁不断地出现很恼人。一天，当这个仆人在决定性的时刻走进房间时，他突然发疯般地开始打他。

　　萨克－马索克被迷惑住了，这正是他所希望的"主人"对待他的方式。当那个演员离开时，他在接待室抓住了他的皮衣，然后很快地鞠了一躬，并拿起他的手亲吻。另一天，当萨克－马索克走进房间添加柴火时，帕尔夫人正坐在那个意大利人的后面。塞弗林失去了耐心，开始用法语问她为什么从波兰雇用了一个这么愚蠢的人，而不选择一个更适合她的受过良好训练的女仆。然而这种怨愤没有让塞弗林停止给这个"波兰笨蛋"丰厚的小费。

除了这些快乐的时刻外，仆人身份为利奥波德提供了艰难和困苦。一天他的女主人派他去买油和牛奶。当他一只手拿着一罐油，另一只手提着一罐牛奶回来时，正好和一位大学朋友，年轻的洛尔·瑞德公爵碰了个面对面，公爵认出了他，大呼起来："哦！萨克－马索克！我发现文学不再能将面包带到桌前了——你现在成了一个行李搬运工了吗？"

萨克－马索克假装十分惊讶，让他的朋友误以为认错了人。在这里我丈夫的陈述又一次中止了。

"然后呢？"我问道。

"我收拾了行李就离开了。"

"为什么？"

"哦！女人是没有个性的——只会任性。一个女人可以折磨我到死，这样才会让我觉得开心……但是我不允许自己变得无聊。我只不过在向她倾诉而已。"

我的心疼痛地缩了起来。"这就是你们怎样'倾诉'的一天"，一个发自内心的声音低诉着。

潘光旦译著中关于虐恋的论述

"虐恋"（algolagnia）是一个方便的名词［是薛仑克·诺津（Schrenck-Notzing）所拟的］，用以指另一类很重要的性的歧变或象征现象，就是性兴奋和痛楚联系后所发生的种种表现，单说虐恋，是不分主动与被动的。主动的虐恋，叫做"施虐恋"，西方叫"萨德现象"（sadism）。从前法国有一个侯爵，叫做萨德（Marquis de Sade，生卒年份是1740—1814年），在他的实际的生活里，即稍稍表示过这种性的歧变，而在他的作品里，更充满着这种歧变的描写，"萨德现象"的名词就滥觞于此了。被动的虐恋，叫做"受虐恋"，西方叫"马索克现象"（masochism）。十八世纪时，奥国有一个小说家，叫萨克－马索克（Sacher-Masoch，生卒年份是1836—1895年），他自己是一个受虐恋者，而在他的作品里，他又屡屡叙述到这种性的歧变。施虐恋的定义，普通是这样的：凡是向所爱的对象喜欢加以精神上或身体上的虐待或痛楚的性的情绪，都可以叫施虐恋。受虐恋则是：凡是喜欢接受所爱的对象的虐待，而身体上自甘于被钳制与精神上自甘于受屈辱的性的情绪，都可以叫受虐恋。虐恋的行为——无论是施的或受的，也无论是真实的、模拟的、象征的以至于仅仅属于想象的——在发展成熟之后，也可以成为满足性冲动的一种方法，而充其极，也可以不用性的交合，而获取解欲的效用。

虐恋的名词的用处很大，因为它不但能总括施虐恋与受虐恋的两种相反的倾向，同时它也能兼收并蓄不能归在这两种倾向以内的一部分的现象。例如克拉夫脱·埃宾和穆尔都不肯承认教人鞭笞是一种受虐恋的表示，他们认为这不过是要多取得一些身体上的刺激与兴奋罢了，这也许是；但对于许多的例子，此种行为确乎是受虐恋的表现，而向人鞭笞确乎是施虐恋的表现。不管两氏究竟对不对，不管受鞭笞的是自己还是对象，这其间都有性情绪与痛楚的联系，是可以无疑的；两氏所提出的现象纵不成其为受虐恋，至少总是虐恋的一种。所以说，虐恋一个名词用起来特别有它的方便。

从严格的定义的立场说，这种施虐恋与受虐恋的合并的说法也有它的不方便处，但从心理学的立场看，这种归并以至于混合是合理的。据弗洛伊德的见解，受虐恋就是转向自身的施虐恋，而我们也可以依样的说，施虐恋就是转向别人的受虐恋。信如这种说法，则把两种倾向归纳在一个总名词之下，就特别见得有理由了。从医学的观点看，这两种倾向固有其分别存在的理由，不过两者之间事实上并没有很清楚的界限；我们在一个纯粹的受虐恋者的身上虽不容易找到一些施虐恋的成分，但是在施虐恋者的身上却往往可以找到一些受虐恋的成分。即就萨德侯爵自己而论，他也并不是一个纯粹的施虐恋者，在他的作品里我们很清楚地发见了不少受虐恋的成分。所以说，虐恋中主动与被动的成分是可以有很密切的联系的，说不定两种成分实在是一种，也未可知。有一个大体上是施虐恋的人，在他的心目中，鞭子是一件富有刺激性的恋物，他写着说："我的反应是偏向于鞭笞行为的主动的一方面的，但对于被动的一方面，我也养成了少些的兴趣，但此种兴趣的所以能成立，是靠着在意识与潜意识之间的一番心理上的扭转功夫或移花接木的功夫，结果是，鞭子虽由别人加在我的身上，我的潜意识的想象却以为是我自己操着鞭子在挞伐别人。"还有一点也是有注意的价值的，就是，一方面有的受虐恋者在一般的性情上虽见得很刚强、很壮健，施虐恋者的人格，在另一方面，却往往是很畏缩、懦弱而富有柔性的表现。例如拉卡桑研究过的瑞伊特尔（Riedel）一例。瑞伊特尔是一个施虐恋的青年，曾经杀死过另一个青年；他从四岁起，见到血或想到血就感觉到性的兴奋，并且在游戏的时候，喜欢模拟残杀的情景；他的体格上始终表现着幼稚的品性，很瘦小，胆怯，见了人很羞涩（假如有人在旁，他就不敢溲溺），富有宗教的热诚，痛恨猥亵和不道德的行为，面貌和表情像一个小孩，看上去很不讨厌。不过，这只是一方面，在另一方面，对于流血的景象和足以造成此种景象的残杀的举动，却又十分爱好，成为一种无可约束的偏执的行为倾向（此人最后终于入疯人院）。这种倾向的见诸行事，对人固然有绝大的损害，对他却是一度最畅快的情绪的宣泄。马瑞（A.Marie）研究过一个法国的青年，情形也正复相似：这人也是很胆小，容易脸红，见小孩都要低头，不敢正视，至于勾搭妇女，或在有旁人的场合里溲溺，更谈不到了（此人后来也以疯人院为归宿）。

　　施虐恋和受虐恋的界说，因为有种种困难，不容易确定，已略见上文。希尔虚费尔德有鉴及此，特别提出了一个新的概念与名词，叫做"转向现象"（metatropism）。所谓转向，指的是性态度的男女易位，并且是变本加厉的易位，即男子有变本加厉的女的性态度，而女子有变本加厉的男的性态度。男子而有施虐恋，那是男子应有的性态度的变本加厉，女子而有受虐恋，那是女子应有的性态度的变本加厉，因此，同一施虐恋，或同一受虐恋，发生在男子身上的和发生在女子身上的，便完全不一样。男子的施虐恋和女子的受虐恋，由希氏看来，不过是正常的性冲动的过度的发展，而进入于性爱狂（ero-tomanic）的境界罢了，但若男子有受虐恋或女子有施虐恋，那就成为转向的歧变，而和正常的状态完全相反了。不过希氏这个转向现象的概念并没有受一般性心理学者的公认。这样一个概念不但不能减少问题的困难，反而很笨拙地增加了问题的复杂性；因为它所根据的所谓正常的性冲动的看法，就不是大家所能接受的；希氏自己也承认，施虐恋的男子，在一般性情上的表示往往是刚劲的反面，而受虐恋的男子所表现的往往是温柔的反面，把转向的概念适用到这种人身上，可以说是牵强已极。因此，我认为最方便的办法，还是采用虐恋的总名词，而承认它有相反而往往相联系的两种表现，一是施虐恋，一是受虐恋，初不问它们发生在男子身上，抑或在女子身上。

痛苦与快乐普通总认为是截然两事，但我们的生活里，也常有以痛苦为快乐的经验。这一层对于我们目前的问题，也增加了不少的困艰。不过在虐恋现象里，我们所认为有快感的，倒并不是苦痛的经验的本身，而是此种经验所唤起的情绪。有虐恋倾向的人，就大多数说，在性能上是比较薄弱的，他的情形和性能旺盛的人恰好相反。因此，一样需要刺激来激发性的活动，他的刺激一定要比寻常的来得强烈，才有效力。强烈的知觉，强烈的情绪，在常人看来是和性生活绝不相干而出乎意料的，例如忧虑、悲痛之类，在他却可以成为性的刺激，明知这些刺激的本身是痛苦的，但凭借了它们，他却可以取得性的快感。句勒尔（Cullerre）在这方面曾经搜集到不少的例子，男女都有，大多数都表示着神经衰脱的症候，其中大部分也是很守道德的人，他们全都经不起严重的忧虑的事件，或强烈的可怖的情景，有时候并且是属于宗教性质的事件或情景；假如一度遇到，结果不是色情自动的亢进，便须手淫一次，以促成亢进。句氏的例子原和虐恋无关，但我们看了这些例子，可以知道因痛苦而觅取快感是一个基本的事实，是可以有很远大的含义的；不过在有虐恋倾向的人，却自觉地或不自觉地把这些含义抓住了，利用了，来补充他的性能的不足。

我们也不要忘记，轻微一些的痛苦的经验（和有相连关系的惊骇、忧虑、憎恶、贱视等情绪可以并论），无论在别人身上见到，或在自己身上觉到，对于许多人，尤其是神经脆弱的人，虽不足以激发真正的性的感觉。至少是可以引起一些快感的。对于痛苦的自然的反应是一种情绪上的悲感（假若发生在本人），或同情的悲感（假若在别人身上发生）；痛苦若在自己身上，一个人自然觉得难过，若在别人身上，他也觉得难过，不过难过得轻一些，至于轻到什么程度，便要看他和这人感情关系的深浅了。但同时一些快感与满意的成分也是可以有的。罗马的诗人与作家卢克莱修（Lucretius）有过一段话（见其诗文集中第二篇）最足以表示这一番心理：

安安稳稳站在岸上的人，对于在水中挣扎而行将灭顶的人，是有一种特别的感觉的。卢氏说："从岸上目击一个不幸的水手在波涛中和死神搏斗，是有甜蜜的趣味的，这倒不是我们对别人幸灾乐祸，乃是因为自己脱然于灾祸之外，不免觉得庆幸。"近代报纸在报摊前面总摆一张招贴，上面用大字写着本日要闻的题目，这些题目里最普通的形容词是"惊、奇、骇、怪"等字，大都含有痛苦的成分在内，但宣传的力量，不但不因此种成分而减少，反因而增加，可见正自有其引人入胜的力量在了。有一派的戏曲是专以恐怖的情景擅场的，而许多上流作家所写的传诵一时的小说里，喜欢把悲痛的场合弄成发噱，可怜的人物弄成可笑。由此可见少许可以说不关性现象的施虐恋与受虐恋［德国人也把它叫做"幸灾乐祸"（Schadenfreude）］的成分是在一般的人口中散布得相当广的。

根据上文的种种考虑，我们可以了解为什么施虐恋者的行为的动机不一定是在虐待别人了。他所要求的，与其说是别人的痛楚，毋宁说是此种痛楚在自己与别人身上所激发的情绪。上文已征引过的一个主动的虐恋的例子所说的另一番话很能证明这一点。这人智能相当高，很有读书人的气息，他的施虐恋也不算太厉害。他说："最引人入胜的，不是别的，是鞭笞动作的本身。我绝对不愿意教人家受罪。她一定得感觉到痛，那是不错的，不过这无非是要表示我下鞭之际富有强劲的力量罢了。只是教人家发生痛苦，在我是不感觉快乐的；实际上我很厌恶此种幸灾乐祸的行为。除了我这部分的性变态而外，我对于一切虐待别人的行为，是深恶痛绝的。对于动物，我生平只开过一次杀戒，并且至今引以为憾。"

在讨论虐恋的时候，我们的注意很容易集中到痛苦的一层上去，那是因为我们没有把一切牵连到的心理现象，充分地考虑到。一个比喻也许可以帮我们的忙。我们不妨假定一件乐器是有知觉的，而乐人在吹弹拨弄的时候是可以教乐器感觉到痛苦的；我们希望富有科学精神而喜欢分析的人终会了解，音乐的快感就是以痛苦加于乐器的快感，而音乐对于情绪所发生的影响即从所加于乐器的痛苦中来。这比喻我想是合理的：乐人原不想教乐器感受痛苦，但为获取音乐的快感，他不能不吹弹拨弄，并且很使劲地吹弹拨弄。施虐恋者的情形也正复如此。

在虐恋的范围以内，我们可以发现性变态的一部分最狂妄的表现。施虐恋的倾向，充其极，可以做出种种对于人性最悖谬的行为来；而受虐恋的倾向，充其极，可以教人性感受到种种最意想不到的屈辱。因为有这种种极端的表现，我们就更须记住，千里之谬，是建筑在毫厘之失之上，而不是凭空而来的，至于毫厘之失，那还是严格的在生物变异范围以内，而不足为怪的。

虐恋的基础里自有其一部分正常的心理事实，不过这事实也是多方面而相当复杂的。有两个成分我们应当特别注意。一、痛苦的经验，无论是加诸人的或身受的，原是求爱的过程的一个副产品，在人类以下的动物如此，在人类也还是如此。二、痛苦的经验，特别是对于先天或后天神经衰弱的人，好比一服兴奋剂，有一种提神的力量；无论是身受的痛苦或加诸人的痛苦，对于性的神经中枢都有很大的刺激的功效。我们明白这两点以后，虐恋现象的方式虽多，我们对于它的大体上的机构，就比较易于了解，而我们对于虐恋的心理学，也就有了一个线索了。一个人的性冲动所以要走上虐恋的路，姑不问其方式如何，大抵不出两个解释：一、虐恋的倾向原是原始时代所有的求爱过程的一部分，到了后世此种倾向忽作一些回光反照的表现（有时候这表现也许是有远祖遗传的根据的）；二、一个衰弱与痿缩的人，想借此取得一些壮阳或媚药似的效用，以求达到解欲的目的。

　　一位前辈的英国作家与哲学家勃尔登（Robert Burton）很早就说过一句话：一切恋爱是一种奴隶的现象。恋爱者就是他的爱人的仆役：他必须准备着应付种种的困难，遭遇种种的危险，完成种种难堪的任务，为的是要侍候她而取得她的欢心。在浪漫的诗歌里，我们到处可以找到这方面的证据。我们的历史越是追溯得远，一直到未开化的民族里，一直到原始的生活状态里，就大体说，这种爱人的颐指气使，恋爱者在求爱时的诸般屈辱，和诸般磨难，就越见得分明。在人类以下的动物中间，情形也正复相似，不过更进一步的要见得粗犷，雄的动物要把雌的占有，事先必须用尽平生之力，往往于筋疲力尽之余，还是一个失败，眼看雌的被别的雄的占去，而自己只落得遍体伤痕，一身血渍。总之，在求爱的过程里，创痛的身受与加创痛于人是一个连带以至于绝对少不得的要素。在女的与雌的方面，又何尝不如此？对异性的创痛表示同情，本身也就是一种创痛；至于在求爱之际，忍受到异性的报复性的虐待，更是一种创痛。即或不然，在求爱之际，她始终能役使异性，对两雄因她而发生的剧烈的竞争，她始终能作壁上观，而踌躇满志，一旦她被战胜者占有之后，还不是要受制于她的配偶而忍受她一部分应得的创痛？迨后，从性的功能进入生育功能的时候，创痛的经验岂不是更要推进一步？有时候，就在求爱的段落里，雌的也往往不免受到痛苦，有的鸟类到了这时候，雄的会进入一种狂躁的状态，雌鸟中比较更甘心于雌伏的自更不免于吃亏：例如鹬类的雄的是一个很粗暴的求爱者，不过据说只要雌的表示顺从，它也未尝不转而作温柔与体贴的表示。又求爱或交合时，公的会咬住母的颈项或其他部分（英文中叫做 love-bite，可直译为情咬）；这是人和其他动物所共有一种施虐的表示；马、驴等等的动物，在交配时都有这种行为。

以痛苦加人未尝不是恋爱的一个表示，是古今中外很普遍念。希腊讽刺作家卢欣（Lucian）在《娼妓的对话》里教一个女人说："若一个男子对他的情人没有拳足交加过；没有抓断过头发，撕破过衣服。这人还没有真正经验到什么是恋爱。"西班牙名小说家塞万提斯（Cervantes），在他的《鉴戒小说集》的一种，《仑刚尼特和考达迪罗》（Rinconete and Cortadillo）里，也描写到这一层。法国精神病学者亚尼（Janet）所诊疗的一个女子说："我的丈夫不懂得怎样教我稍微受一点罪。"不能教女子受一点罪的男子是得不到她的恋爱的。反过来，英国戏曲家康格里夫（Congreve）的作品，《世路》（Way of the World）一书里，有一个女角色叫密勒孟特的说："一个人的残忍就是一个人的威权。"

上文说虐恋的种种表现是正常的求爱表现的一个迹近远祖遗传的畸形发展，但事实上并不止此。这种表现，尤其是在体质瘦弱的人，是一个力争上流的表示，想借此来补救性冲动的不足的。求爱过程中种种附带的情绪，例如愤怒与恐惧，本身原足以为性活动添加兴奋。因此，假如性冲动的力量不够，一个人未尝不可故意的激发此类情绪，来挽回颓势。而最方便的一法是利用痛苦的感觉：如果这痛苦是加诸人的，那表现就是施虐恋；若反施诸己，那就是受虐恋；若痛苦在第三者的身上，而本人不过从旁目睹，那就是介乎两者之间的一个状态，所侧重的或许是施虐恋一方面，或许是受虐恋一方面，那就得看从旁目睹的虐恋者的同情的趋向了。

从这观点看，施虐恋者和受虐恋者本是一丘之貉，他们同一的利用痛苦的感觉，来就原始的情绪的库藏里，抽取它的积蓄；情绪好比水，库藏好比蓄水池，痛苦的感觉好比抽水机。

我们把虐恋所以为歧变的生物与心理基础弄清楚以后，我们就明白它和虐待行为的联系，毕竟是偶然的，而不是必然的了。施虐恋者并不是根本想虐使他的对象，无论在事实上他是如何残暴，对象所受的痛苦是如何深刻，那是另一回事。施虐恋者所渴望的，无非是要把他那摇摇欲坠的情绪扶植起来，而要达到这个目的，在许多的例子里，不能不假手于激发对象的情绪的一法，而最容易的一条路是教她受罪。即在正常的恋爱场合里，男子对所爱的女子，往往不惜教她吃些痛苦，受些磨折，而同时一往情深，他又满心希望她可以甘心地忍受甚至于也感觉到愉快。施虐恋者不过是比此更进一步罢了。有一个记载着的例子喜欢在对象身上戳针，而同时却要她始终带着笑脸；这显而易见是他并不想教她挨痛，要是可能的话，他实在也很愿意教她得到一些快感；固然，就事实论，只要她表面上装着笑脸或有其他强颜欢笑的表示，他也就不问了。即在最极端的例子，即施虐到一个杀人的程度，施虐恋的本心也绝不在杀伤，而在见血，因血的刺激而获取更高度的情绪的兴奋，而血的刺激力特别大，也几乎是中外古今所普遍公认的；勒泊曼（Leppmann）

有过一个很精到的观察，他说，在施虐恋的刑事案子里，比较普通的创伤，总在可以流大量血液的部分发见。例如颈部或腹部。

同样的，受虐恋的本心也不在挨痛或受罪。程度轻些的被动的虐恋，照克拉夫脱·埃宾和穆尔等作家的看法，原不过是正常性态一个比较高度的发展，而可以另外叫做"性的屈服"（Sexual subjection，德文叫 Horigheit），因此，严重的痛楚，无论在身体方面或精神方面，是不一定有的；在这种人所默然忍受的无非是对方一些强力压制和任情拨弄罢了。在性的屈服与受虐恋之间，是没有清楚的界限的，受虐恋者，和性的屈服者一样，在接受对方种种作践的时候，同样感觉到愉快，而在受虐恋者，甚至于极度的愉快；所不同的是在性的屈服者，正常的交合的冲动始终存，而在受虐恋者则受罪与挨痛的经验会变做性交的代用品，充其极，可以根本无须性交。受虐恋者所身受的作践，是种类极多的，其间性质也不一样，有的是很实在的，有的是模拟的，例如：全身受捆绑、手足加镣铐、体躯遭践踏、因颈部被扣或被缢而至于局部的窒息、种种常人和对方所视为极不屑的贱役、极下流的臭骂等。在受虐恋者看来，这些都可以成为交合的代用品，其价值和交合完全相等，而虐待的看法，以至于痛苦的看法，是谈不到的。我们懂得这一层，就可以知道，若干心理学家（甚至于弗洛伊德）在这方面所殚心竭虑的创制的许多理论是完全用不着的。

受虐的种种表现，因本身性质所限，是显然没有很大社会意义的，并且对社会生活不会发生很大的危害，惟其危险性小，所以受虐恋的历史虽极悠久，虽在文化史里随时可以发见，而把它当做一种确切的性变态，却是很晚近的事；克拉夫脱·埃宾在他的《性的精神病态学》里，最初把它的特点原原本本铺叙出来，从那时起，它的歧变的地位才算完全确定。施虐恋便不然了，在生物学与心理学上，它和受虐恋虽有极密切的联系，在社会学和法医学上，它的意义却很不一样。施虐恋的各种程度亦大有不齐，其中最轻微的，例如上文所提的"情咬"之类，当然是不关宏旨，但程度最严重的若干方式往往可以演成极危险的反社会的惨剧，轻者可以伤人，重者可以杀人，例如上文已经提到过的"剖腹者杰克"（Jack the Ripper）便是最骇人听闻的一件淫杀的刑事案了。这一类造成刑事案的施虐恋的例子并不算太少，虽不都到杀人的地步，但伤人则时有所闻（对于这一类的例子，拉卡桑有过一番特别的研究）。还有一类的例子则牵涉学校教师、家庭主妇和其他对儿童婢妾可以作威作福的人，这些人种种惨无人道的虐待行为也大都出乎施虐恋的动机。

施虐恋和受虐恋是男女都可以表现的歧变。受虐恋则男子表现得独多，这是有原因的。一则也许因为相当程度的所谓性的屈服，或受虐恋的初步表现，可以说是女性的正常的一部分，不能算作歧变；再则（穆尔曾经指出过）在女子方面根本无此需要，因为女子的性活动本来是比较被动的与顺受的，受虐恋一类所以加强性能的刺激或代用品就没有多大用处。

上文已经说过，施虐恋与受虐恋只是虐恋的一部分，并不足以概括虐恋的所有的种种表现。从大处看，虐恋是性爱的象征现象的一大支派，凡属和痛苦、愤怒、恐怖、忧虑、惊骇、束缚、委屈、羞辱等相关的心理状态发生联系的性的快感，无论是主动的或被动的，真实的或模拟的，都可以归纳在这支派之下，因为这种种心理状态全都要向上文所说的原始的情绪的大蓄水池掬取，以补充性冲动的挹注。鞭笞的行为就是一例，此种行为，无论是身受的或加诸人的，目击的或想象的，在先天有变态倾向的人，可以从极幼小的年龄起，就成为性活动的一种兴奋剂。在大多数的例子里，这种行为牵动身心两方面的许多品性，因而另成一派关系很重要和范围很广泛的虐恋的现象。另有一些例子，只要目击一种可以惊心动魄的景象或事件，例如一次地震，一场斗牛，甚至于一个至亲好友的丧葬，便会发生性爱的反应，而此种反应显而易见是和施虐恋或受虐恋的倾向很不相干的。

所以从大处看，虐恋的领域实在是很广的。而在这领域和它种歧变的领域接界的地方，还有一些似虐恋而非虐恋的现象，例如有一部分应当认为是物恋的例子也多少会有虐恋的意味。迦尼也想把这些例子另外归纳成一派，而称之为"施虐的物恋现象"（sadi-hfetishism）；不过他所举的一个例子并不能坐实他的主张，因为那是比较很清楚的一个足恋的例子。亚伯拉罕（Abraham）一面承认上文所已讨论过的虐恋者的性能的衰退，但又以为这种衰退并不是原有的现象，而是一个强烈的性能受了抑制或变成瘫痪的结果。他也引到弗洛伊德的一个提议，认为臭恋和粪恋有时候也是产生足恋的一些因素，不过嗅觉的快感，因审美的关系，后来退居背景，而剩下的只是视觉的快感了。亚氏这种看法，也似乎认为在臭恋与粪恋以及足恋的发展里，多少也有些虐恋的成分。

还有一种不大遇见的虐恋与物恋混合现象叫做紧身褡的物恋（corset-fetishism）。在这现象里，紧身褡是一种恋物，不过它所以成为恋物的缘故，是因为它可以供给压力和束缚的感觉。亚伯拉罕很详细地分析过一个复杂的例子：他是一个二十二岁的大学男生，他的性歧变的表现是多方面的，其间有足恋、紧身褡恋、对于一切束缚与压迫的力量的爱好，又有臭恋即对于体臭的爱好，而臭恋一端亚氏认为是最初的表现，是从他和他的母亲的关系里看出来的。他又表现着谷道和尿道恋。像上文在足恋的讨论里所引到的女子一样，在幼年的时候，他就喜欢屈膝而坐，让脚跟紧紧地扣在谷道的口上。此外，他又有哀鸿现象（eonism，即男身女扮或女身男扮的现象）的倾向，他愿意做一个女子，为的是可以穿紧身褡和不舒服而硬得发亮的高跟鞋子。从春机发陈的年龄起，他开始用他母亲已经用旧的紧身褡，把腰身紧紧地捆束起来。他这种种物恋的发展似乎是很自然的，亚氏找不到有什么突然发生的外铄的事件，来解释它们。

尸恋（necrophilia 或 vampyrism）或对于异性尸体的性爱，是往往归纳在施虐恋以内的另一现象。尸恋的例子，严格地说，是既不施虐而亦不受虐的，实际上和施虐恋与受虐恋都不相干；不过，尸恋者的性兴奋既须仰仗和尸体发生接触后所引起的一番惊骇的情绪作用，我们倒不妨把这种例子概括在广义的虐恋之下，有时候因为情形小有不同，似乎更应当归并到物恋现象之内。不过我们若就医学方面加以检查，可以发见这种例子大都患着高度的精神病态，或者是很低能的；他们的智力往往很薄弱，而感觉很迟钝，并且往往是嗅觉有缺陷的。埃卜拉（Epaulard）所记载着的"摩伊城的吸血鬼"（Vampire du Muy）便是富有代表性的一个例子。这些病态或低能的男子原是寻常女子所不屑于接受的，所以他们的不得不乞灵于尸体，实际上无异是一种手淫，至少也可以和兽交等量齐观。有时候尸恋者对于尸体不但有交合的行为，且从而加以割裂肢解，例如流传已久的柏脱仑德军曹（Sergeant Bertrand）的一例；这种比较稀有的现象有人也叫做施虐的尸恋（necro-sadism）。严格地说，这其间当然也没有真正的施虐恋的成分；柏脱仑德最初常做虐待女人的白日梦，后来在想象里总把女人当做行尸走肉；在此种情绪生活的发展里，施虐恋的成分也就附带出现，而其动机始终不是在伤残他的对象，而是在自己身上唤起强烈的情绪：任何割裂肢解的行为也无非是想增加情绪的兴奋而已。这种例子不用说是极度变态的。

《《性心理学》,（英）埃利斯原著；潘光旦译）